고고춤이나 춥시다

고고춤이나 춥시다

정용주 에세이

푸른메

잃어버린 추억을 찾아가는 시간 여행

다시, 가을이 왔다.

홀로 중얼거려보는 이 말이 왜 이렇게 가슴 서늘한가. 여름의 방문자가 돌아간 숲의 오솔길을 걷는다. 보아주는 이 없어도 저마다 한 생을 거뜬하게 살아낸 야생의 풀들이 머리에 꽃을 이고 스스로 제 삶을 위로하고 있다. 그늘진 비탈에 핀 물봉선화 자줏빛 꽃잎이 바람에 말라간다. 느릅나무를 휘감아 물소리 맑은 계곡을 건너간 다래덩굴의 하늘다리. 주렁주렁 열매가 익어간다. 북나무, 개옻나무, 황벽나무. 진초록의 시간을 지나온 잎사귀마다 숭숭한 바람이 붓질을 한다. 이제 모두는 또다시 이 가을 앞에 붉게 물들어야 할 손수건 한 장씩을 내놓아야 한다.

어린 전나무 한 그루가 숲에서 태어났다. 비와 바람과 눈보라 속에서 높아지고 굵어져야 한다. 나무는 제 몸에서 뻗어난 맨 아래 가지들을 스스로 말려 겨울바람에 부러뜨리고 새 가지에 잎을 틔우고 물을 주어 한 층씩 뻗어나갔다. 숲의 능선에 붉은 노을이 걸린다. 당당한 저 전나무의 몸에는 부러진 가지의 자국들이 멍처럼 박혀 있다. 켜켜이 자기를 이룬 아픈 마음의 흔적들.

　추억이란 우리에게 무엇인가.
　이 가을에 한 소년이 그리웠다. 그는 분명 나였는데 지금은 어
디로 갔는가. 그 소년을 찾아 잃어버린 시간 여행을 떠났다. 이미
증발해버린 웃음소리가 무성영화 같은 그림으로 떠올랐다. 그 길
에서, 도시락 속에 달그락거리는 숟가락 소리를 듣기도 하고 금이
그어진 책상에 함께 앉은 소녀를 만나기도 했다. 아련한 기억의
징검다리를 건너가는 동안 어떤 아픔은 다시 살아나기도 하고 어
떤 행복은 주름이 진 얼굴에 엷은 미소를 띄워주기도 했다.

　풀잎 배처럼 흘러가버린 소년의 날들을 찾아가며 나는 생각했
다. 기억은 때로 아픔이다. 그러나 시간은 휘발성을 갖고 있다. 아
픔이 사라지고 슬픔이 지워져버린 자리에는 다정함과 그리움이
보석처럼 박혀 있다. 소년은 사라진 것이 아니라 내 안의 깊은 정
신의 자궁에 웅크리고 지금의 나와 탯줄을 연결하고 있는 것이다.

내가 살고 있는 이 숲속의 움막은 해발 700미터의 치악산 중턱에 있다. 이곳은 가난한 사람들이 산자락에 불을 놓아 수수와 콩을 심던 화전민의 마을이었다. 이제 모두 떠나가고 함께 가지 못한 노인들이 잡초 우거진 무덤에 남아 휜 등을 쉬고 있다. 그들이 듣는 물 소리 바람 소리를 듣고, 들꽃과 나무들을 바라보며 여섯 번째의 가을을 맞는다. 한 켜씩 나이테를 늘려가며 흰 구름을 향해 키를 세우는 전나무의 고독을 보며 나도 조금씩은 깊어지고자 하였으나 나는 아직도 저 나무들의 침묵을 알지 못한다.

2008년 가을 치악산 금대계곡에서
정용주

차례

☆ 제2부 서울 물 좀 먹어보자 ☆

제3부 설익은 인생의 맛

■ 에필로그―그때 그 굴뚝새는 어디로 갔는가

나는 종지에 손을 얹고 주머니에서 50원짜리 백동전을 꺼내놓았다. 10원만이요, 하고 말하려는 순간 벌써 아저씨는 종지를 뒤집고 있었다. 거기엔 주사위가 없었다. 종지가 드러낸 그 하얀 맨땅을 보자 현기증이 났다. 번개처럼 많은 생각들이 스쳤으나 입 밖으로는 한마디도 나오지 않았다. 그때 집합을 알리는 호루라기 소리가 들렸다. 남들은 이제 시작인데 나는 소풍 끝이었다. 젠장, 라면땅이라도 하나 사놓을걸!

제1부 하루 해는 어떻게 가나

프롤로그

그가 어디에서 어떤 모습으로 태어났건 송사리 떼처럼 몰려다니던 어린 시절이 있게 마련이다. 그때의 집이란 늙은 메기가 들어앉아 눈을 껌벅이며 더듬이를 게으르게 움직이는 진흙 웅덩이 속처럼 갑갑하고 지루한 것이다. 흘끔흘끔 형이나 아버지의 눈치를 보며 저녁밥을 먹고 이불 속에 파고들어 약올랐던 일이나 친구 하나를 여럿이 놀려먹은 일들을 떠올리다 잠이 들고, 아침이면 일찍 깬 새처럼 튀어나가 또다시 들로 산으로 개울로 논두렁으로 진종일 돌아다녔다.

어릴 때 나는 형이나 아버지에게 너무 쏘다니지 말라는 핀잔을 밥상머리에서 자주 들었는데, 그 이유가 집에 들어앉아 공부나 좀

하라는 것이 아니고 소꼴을 베 오라든지 도리깨로 콩을 털라든지 겨울에는 주로 산에 가서 땔나무를 해오라든지 하는 이유에서였다. 어쨌든 집안에 뭐 좀 도움이 되는 짓을 하고 다니라는 것이었다. 그러나 그런 말이 귀에 들어오고 또 그 말을 진지하게 생각해본다면 이미 어린 시절을 지났다는 뜻이다. 아무튼 나는 해가 뜨는 것은 집에서 나가라는 것이고, 해가 지는 것은 집에 가서 자고 나오라는 것으로 알던 촌에서 어린 시절을 보냈다.

누구든지 그러면서 크는 것인데 시시콜콜 그 이야기를 다 한다면 말재주 없는 이야기꾼의 재미없는 이야기를 누가 끝까지 듣겠는가. 뭐 좀 같이 웃기도 하고 때로는 마음 짠하기도 한 것들을 떠올려보면서 이야기를 풀어나갈 테니, 어린 아이들이 둘러앉아 이야기를 들어도 좋고, 심심한 청년이나 아저씨 아줌마도 할 일 없으면 멍석이 깔린 마당에 신발을 벗어놓고 한 자리 앉으시라. 유월의 푸른 벼 포기 아래 논물이 찰랑거리고 개구리가 운다. 하늘에는 총총한 별들이 서서히 모여들고 아이의 모기 물린 등짝에 담배 침을 발라주는 어른이 있는 시골 마을의 멍석자리로 여러분을 초대한다.

제비골 마을

김대출, 조석봉, 유봉구, 그 아래 조만석. 윗방에 드러누워 마을의 맨 꼭대기 집에서부터 아래로 내려오며 이렇게 하나씩 불러보는 이름은 내 친구들의 이름이 아니라 그 집에 사는 제일 나이 많은 어른들의 이름이다. 한 60여 가구가 되는 마을 아이들의 이름이야 이미 다 아는 것이고 어느 때부터인가 그 집안의 어른들 이름을 무슨 구구단처럼 한번씩 외우고 잠이 드는 버릇이 생겼다. 어른들끼리 이야기하는 것을 기웃거리며 하나씩 이름을 외우고, 더러는 딴청부리며 "아부지! 저 위에 영란이네 아부지 이름이 뭐예요?" 하고 물으면 "거, 저, 덕제지. 아마" 하는 아버지의 대답을 듣고 얼른 이덕제 이덕제, 하면서 열심히 외웠다.

초등학교 3학년 때 같은 학년인 정수와는 반이 서로 달라서 나는 1반이고 그는 3반이었다. 정수는 같은 또래의 친구들 중에서 점잖기도 하고 집안일도 잘 도와주는 아이였다.

어느 날 정수가 리어카에다 가마니를 몇 개 싣고서 낑낑거리며 비탈을 올라가고 있었다. 살며시 뒤로 가서 볏가마니를 눌러보니 쿡쿡 들어가는 것이 왕겨였다. 하긴 우리 나이에 벌써 벼나 쌀을 몇 가마니씩 싣고서 리어카를 끌 수는 없었다. 리어카 뒤를 슬며시 밀면서 "아 대출이! 뭘 그렇게 싣고 가시나" 하면서 정수 아버지 이름을 불렀다. 뭐 이런 식으로 친구들을 놀려주는 재미에 동네 어른들의 이름을 거의 다 외우게 되었을 즈음, 더이상 그런 장난을 할 수 없게 되었다.

어느 날, 허겁지겁 아침을 먹고 대충 책보따리를 들고 4킬로미터나 떨어진 읍내의 학교로 가려고 필통을 달그락거리며 마을을 벗어나고 있는데 뒤에서 "어이 갑봉이, 같이 가지!" 하면서 정수, 성수, 택동이가 낄낄거리며 책보따리를 메고 뛰어서 쫓아오고 있었다. 우리 아버지의 이름이 대헌이 말고 갑봉이라는 예명이 또 있는 줄은 꿈에도 몰랐다. 왜 하필 갑봉인가 그래!

미군부대의 천리안

우리 마을은 평지에 자리잡은 마을이 아니었다. 언제부터 불려온 이름인지 '제비골'이라는 예쁘장한 이름을 가진 산이 몇 개의 능선을 거느리고 마을 뒤편 아스라한 곳에 우뚝 서있었는데, 그 능선의 한 끝자락에 기다랗게 내려오며 집들이 이어져 있었다. 마을 앞에는 개울이 흐르고 개울 다리를 건너면 읍에서부터 몇 개의 작은 면이나 읍을 돌아서 서울까지 이어지는 신작로가 있었다. 그 신작로에서 바라보면 마치 길고 커다란 고구마처럼 생긴 우리 마을 전체가 보였다.

개울의 건너편으로는 다랑논들이 층층이 이어지다가 더이상 논을 만들 수 없는 비탈진 곳에 몇 뙈기의 산밭이 흩어져 있었다.

거기서부터 마을 앞산이 시작되고 한번도 가보지 못한 먼 곳, 우뚝 솟은 산꼭대기에는 옆으로 누인 뻥튀기망 같은 것을 머리에 달고 있는 커다란 첨탑이 있었다. 평상시에는 가만히 있다가 어떤 때에는 이것이 빙글빙글 돌아가기도 했다.

우리 마을에는 애들도 많고 형과 누나들도 많았다. 개울가 모래사장에서 놀고 있는데 힘은 세지만 공부는 못하는 정재 형이 "야 니네들 저게 뭔 줄 알어?" 하고 물었다. 꼬맹이들이 일제히 쳐다본 먼 앞산 꼭대기에는 그 뻥튀기망이 천천히 돌아가고 있었다.

"미군부대잖어! 느네 임마, 저게 돌아가면 길바닥에 떨어진 바늘도 다 보여!"

"에이! 거짓말이지!"

아이들이 일제히 대답했다.

"그럼, 형! 방 안에 있어도 다 보이나?"

"그럼. 너 자다가 꼬추 만지는 것도 다 보여!"

그때부터 저놈의 망태기만 돌아가면 긴가민가하면서도 괜히 오금이 저려왔다. 무심코 오줌을 누다가 갑자기 생각나면 먼산을 힐끔거리며 오줌줄기를 휙 바꾸었다. 아이들이 모여 놀다 돌아갈 때가 되면 붉은 해는 어김없이 미군부대 산 그 커다란 첨탑에 걸려 있었다. 무언지 모를 두려움과 목멤이 마음에 자리잡고 있었다.

소풍과 야바위꾼

아침밥을 먹고 이제나 저제나 눈치를 보며 기다리는데, 보리밥으로 싼 김밥이 담긴 도시락 보자기를 들 때까지 어째 말이 없었다. 눈물이 나려는 걸 참고 퉁명스럽게 보자기를 들고 문을 나서려는데 아버지가 불러 벼이삭이 그려진 50원짜리 백동전을 건네주었다. 만족스럽진 않지만 크게 섭섭하지도 않았다. 라면땅이 10원이고 미루꾸는 5원이고 하얀 사기다마처럼 생긴 눈깔사탕은 한 개에 1원이었다. 또한 설탕물을 녹여 별이나 새, 나비, 배 모양으로 만들어 막대기를 꽂아서 빨아먹고 돌아다니는 설탕과자도 10원이면 아무거나 골라잡을 수 있었다.

우리 학교가 소풍을 가는 곳은 두 곳뿐이었다. 봄 소풍은 강가에 있는 절로 가서 대충 한 바퀴 돌아보고 미루나무가 늘어서 있는 백사장에서 수건돌리기를 하거나 노래자랑을 하다가 돌아왔다. 가을 소풍은 조선의 훌륭하신 임금이 묻혀 있는 왕릉으로 갔다. 잘 가꾸어진 소나무숲이 있고, 운동장처럼 넓은 금잔디 밭에는 돌로 만들어놓은 양이나 호랑이가 있고, 두 손을 앞으로 모아 소매 속에 넣고 있는 신하들이 나란히 서있는 조각상이 있는 곳이다. 아마 우리 학교가 소풍이라는 것을 가기 시작한 이후로 이 두 곳 말고 다른 곳을 간 적은 없을 것이다. 그래도 수업을 하지 않고 하루 종일 떠들며 입에 사탕이라도 우물거리며 돌아다닐 수 있다는 것만으로도 소풍날은 즐거웠다.

가을 소풍 때마다 찾는 왕릉은 학교에서 5리 정도 걸어가야 했다. 매일 10리 길을 걸어서 학교에 다니는 촌놈들에게는 아무것도 아닌 길이지만 읍에서 학교에 다니는 아이들이나 여자애들에게는 걸어서 가기에 가까운 길은 아니었다. 그걸 알아서였을까? 왕릉으로 길게 줄지어 소풍을 가는 우리들의 행렬을 중간 중간에서 기다리는 장사꾼들이 있었다. 자전거를 세워놓고 열심히 솜사탕을 뽑아내는 아저씨도 있고 보자기를 넓게 펼쳐놓고 장난감 총이나 자동차를 파는 아저씨도 있었다. 그이들은 우리들이 모두 지나가면 다시 보따리를 챙기고 자전거를 끌고서 저만치 앞으로 가서 다시 보따리를 펼쳐놓으며 우리들과 함께 소풍을 갔다.

왕릉 입구에 도착해서 10분간 쉬었다. 아이들은 우르르 화장실이나 매점으로 몰려갔고, 어수선한 틈에 나는 한쪽 귀퉁이에 아이들이 빙 둘러선 곳으로 갔다.

"자! 자! 맞히면 세 배! 손님은 따는 재미, 나는 잃는 재미."

한 야바위꾼이 흰 사기 종지 세 개를 엎어놓고 그 속에 주사위 하나를 넣어 이리저리 옮기면서 찾아보라고 열심히 아이들을 꼬시고 있었다. 나는 이상하게 공을 차든 자치기를 하든 내기만 하면 신이 났다. 자리를 비집고 바짝 앉았는데 아저씨와 눈이 마주쳤다.

"자! 자! 돈 없으면 재미삼아 연습 한번 하세요!"

나는 가운데 종지에 손을 짚었다. 아저씨는 나를 보고, 맞혔으니 10원을 내놓고 주사위를 확인하면 30원을 주겠다고 했다. 연습이라고 하자 아저씨는 종지를 뒤집었는데, 가운데에 진짜 주사위가 있었다. 나는 마치 30원을 사기당한 기분이었다. 이번에 또 가운데를 짚었다. 아저씨가 당황하는 기색을 보이자 나는 종지에 손을 얹고 주머니에서 50원짜리 백동전을 꺼내놓았다. 10원만이요, 하고 말하려는 순간 벌써 아저씨는 종지를 뒤집고 있었다. 거기엔 주사위가 없었다. 종지가 드러낸 그 하얀 맨땅을 보자 현기증이 났다. 번개처럼 많은 생각들이 스쳤으나 입 밖으로는 한마디도 나오지 않았다. 그때 집합을 알리는 호루라기 소리가 들렸다. 남들은 이제 시작인데 나는 소풍 끝이었다. 젠장, 라면땅이라도 하나 사놓을걸!

뻥튀기장수

겨울이 되면 이따금씩 찾아오는 반가운 손님이 있었다. 대포처럼 생긴 기계와 그 위에 망태기를 얹고 갑바 같은 포장을 덮어씌운 뻥튀기 아저씨의 리어카가 마을 어귀에 나타나는 것이었다. 구불구불한 마을 길 어디쯤 시멘트 벽돌 담장 아래에 모여서 자치기를 하던 아이들은 제집 손님이 온 듯 우르르 달려가 아저씨의 리어카 뒤에 붙었다. 우리가 리어카를 밀면 얼굴이 새까만 아저씨도 덩달아 신이 나서 비탈진 마을 길을 올라가 중간쯤 평평한 마당이 있고 햇볕이 잘 드는 담장 아래에 리어카 앞을 번쩍 들어 뻥튀기 기계를 바닥에 내려놓고 무슨 대포를 조립하듯 분주히 움직였다.

뻥튀기 기계 옆에는 풍구가 놓이고 고무줄을 연결하여 기계를 돌리면 자동으로 풍구가 돌아 바람을 일으켰다. 마지막으로 아저씨가 빈 깡통 대여섯 개를 한 줄로 늘어놓으면 아이들은 신나게 각자의 집으로 뛰어갔다. 아저씨가 뻥튀기 기계 밑에 있는 작은 화덕에 장작불을 붙이는 동안에 동작 빠른 아이는 벌써 옥수수 한 됫박을 가져와서 의기양양하게, 내가 일등이지! 하면서 맨 앞에 있는 빈 깡통에다 쏟아부었다.

나도 몇 번은 신나게 집으로 뛰어가곤 했지만 아버지나 형한테 혼만 나고 의기소침하여 다시 어슬렁거리며 돌아온 다음부턴 아예 집으로 갈 생각은 하지 않았다. 차라리 열심히 기계를 돌리는 아저씨 옆에 붙어 "제가 한번 해볼게요!"라든가 길 건너 논두렁에 가서 말뚝을 몇 개 뽑아다가 불쏘시개 거리를 마련해주는 것이 강냉이를 실컷 먹을 수 있는 방법이라는 것을 알고 있었다. 그러나 그런 정도의 일은 궁상맞게 나 혼자만 하는 것이 아니었다. 같이 할 수밖에 없는 형편의 친구들이 옥수수를 가져다가 빈 깡통에 쏟아붓는 아이들보다 언제나 많았다.

온통 새까만데 손잡이만 반질반질한 기계가 빙글빙글 돌아가고 기계에 붙어 있는 동그란 온도계가 따라서 빙글빙글 돌아가는 동안 아이들은 무슨 거룩한 의식이라도 하는 것처럼 손으로 무릎을 받치고 등을 구부리고 서서 눈을 떼지 못했다.

이윽고 아저씨가 돌리는 것을 멈추고 온도계를 들여다본 다음, 소 입 틀어막듯이 기계에 망태기를 씌우고 쇠꼬챙이로 조준을 시작하면 아이들은 일제히 귀를 막았다. 한순간 멍해지는 느낌과 함께 여물 먹는 소가 콧김을 뿜어내듯 하얀 김이 솟아오르고 구수한 강냉이 냄새가 몽실몽실 피어오르면 그 구수한 냄새를 실컷 들이 마시려고 입을 막고 깊게 숨을 들이쉬었다.

집에는 근처에도 안 가보고 끈 묶인 강아지처럼 뻥튀기 기계 주위만 어슬렁거리다가 짧은 겨울해가 뉘엿해지면 슬슬 포장을 싸는 아저씨가 괜히 섭섭하고 야속해져 알 수 없는 아득함이 밀려 왔다. 길옆에 있는 우리 집을 지나가는 아저씨의 리어카 뒤를 쫓 다가 더이상 가지 못하고 마당을 들어서면서 혼자 생각했다.

'이다음에 나도 뻥튀기장수나 할까! 이 마을 저 마을 마음대로 돌아다니고 뻥튀기도 실컷 먹고 밑천도 별로 안 들 것 같고, 우리 형편에 좀 좋아!'

벌써 뻥튀기장수가 되기나 한 것처럼 혼자 마음이 급해졌다.

나눗고기

갯둑 아까시나무에서 우는 매미도 갈증 나는 뙤약볕 아래, 시원하게 쏟아붓고 가는 소나기는 벼 포기 출렁이는 초록의 들판을 순식간에 술렁이게 만들었다. 논과 논 사이 도랑으로 졸졸거리며 흐르던 물이 순식간에 불어 논두렁 턱밑까지 차올라 빠르게 흐르고, 위에서 아래로 논물이 흘러가도록 터놓은 물꼬마다 바글거리는 송사리 떼의 재잘거리는 소리가 들릴 듯했다. 논두렁을 덮은 바랭이 풀잎마다 이슬방울이 맺히고 둑을 따라 늘어선 은사시나무의 이파리들이 비구름 사이로 언뜻 비치는 햇살을 반사하며 반짝였다.

광 벽에 걸려 있는 체를 꺼내고 뒤꼍의 대추나무 아래 굴러다니는, 바닥에 구멍 숭숭 뚫은 깡통을 들고 개울가에 있는 성수네 집으로 얼른 뛰어갔다.

"고기 잡으러 가자!"

성수도 마침 기다렸다는 듯이 신발을 벗어 구멍가게 안으로 던져넣고 맨발로 나왔다. 그가 슬며시 깡통을 받아드는 순간 우리의 역할은 정해졌다. 물론 자주 교대는 하지만 말이다.

갑자기 비가 쏟아졌을 때에는 마을 앞으로 흐르는 개울보다는 황금들 벌판을 가로지르는 논두렁 사이 도랑으로 가는 것이 훨씬 유리했다. 물 먹은 논두렁의 진흙이 발가락 사이로 미끌미끌 삐져나오고 제법 키가 자란 파란 벼들의 뾰족한 끝이 반바지 밑으로 드러난 맨살을 스쳤다. 우리가 입은 반바지라는 것은 운동회 때 입는 흰 줄이 두 개 그어진 파란 나이롱 반바지였다.

개울로 합류하는 끝에서부터 시작해 도랑을 따라 들판을 거슬러 올라갔다. 도랑물 속에 체를 박고 진흙과 잡풀 사이의 바닥을 발로 헤집어 체를 번쩍 들어올리는 순간, 눈빛은 체의 바닥으로 쏠렸다. 새우처럼 통통 튀는 송사리들과 풀 찌꺼기 틈에서 꾸물거리는 미꾸라지를 조심스레 깡통에 담으며 우리는 흐뭇한 눈빛을 교환했다. 탁! 하고 체를 털고, 흰 비늘 반짝이며 옆으로 누워 파닥이는 붕어를 떠올리며 다시 도랑에 체를 박고 다리를 굴러 진흙 속을 더듬었다. 기다리던 붕어는 없고 송사리는 자주 나오고 미꾸라지는 가끔 나올 때쯤 "내가 한번 해볼게!" 하며 성수가 깡통을 내밀었다. 이렇게 서로 교대를 하고 도랑을 뒤지며 층층이 이어진 논들을 한참 거슬러 올라가는데, 저 위에서 양담말(우리 마을은 야트막한 산 구릉에 지도처럼 생겼는데 동선마당을 중심으로 위쪽은 양담말 아래쪽은 음담말이라 불렀다)에 사는 정수와 희용이가 짝이 되어 도랑을 따라 내려오고 있었다.

여름 들판 여기저기에서 깡통과 체를 든 아이들이 짝을 이뤄 고기를 잡았다. 고기잡이가 시들해지기도 하고 조금 허기도 질 때쯤이면 약속을 한 것도 아니지만 친구들끼리는 중간쯤에서 서로 만났다. 온몸에 흙탕물을 튕기고 깡통을 들고 코를 풀었는지 얼굴에 진흙이 잔뜩 묻어 있는 친구를 보며 깔깔거렸다. 서로의 깡통을 확인해보고 으쓱하기도 하고 은근히 속상하기도 한 고기잡이가 끝나면 갯둑의 아까시나무 그늘 아래로 가서 잡은 고기를 나누었다. 서로의 앞에다 비슷한 크기의 미꾸라지를 한 마리씩 나누어 놓고 어쩌다 잡은 붕어가 짝이 안 맞을 때는 붕어 한 마리와 미꾸라지 다섯 마리, 이런 식으로 고기를 나누었다.

한번은 개울로 이어지는 넓은 도랑 끝에서 수염이 기다란 메기를 한 마리 잡았다. 붕어 세 마리와 미꾸라지, 송사리가 들어 있는 깡통에서 기다란 수염을 건들거리는 메기는 쳐다보기만 해도 신이 나고 마음이 흐뭇해서 자꾸만 깡통을 쳐다보게 되었다. 그런데 이 메기를 어떻게 나누지? 그날 우리는 입이 찢어져라 매미가 우는 아까시나무 그늘 아래에서 메기 한 마리와 나머지 고기 전부를 놓고 삼세판으로 가위바위보를 했다.

아, 매우 좋아요!

'아. 정말 크다!'

초등학교 3학년 때 담임선생님을 처음 보고 느낀 생각이었다. 작고 반들반들한 막대기를 끼워넣은 출석부를 교탁 위에 올려놓고 학생들을 둘러보는 선생님의 모습은 위엄 있고 조금은 무서워 보였다. 그맘때에는 사람을 보는 기준이란 것이 막연하여 그냥 중·고등학생들은 형이고 그 위는 청년들이고 다음에는 아저씨, 할아버지 대충 이렇게 구분지어 생각하는 것인데 새 선생님은 아저씨 정도의 모습을 하고 있었다. 짝 달라붙게 기름을 발라 뒤로 넘긴 머리의 가운데 부분이 반달처럼 벗겨져 있었다.

선생님은 앞줄에 앉은 학생 하나를 일으켜 세워 인사를 시켰는데, "차렷 경례! 안녕하세요!" 일제히 합창이 끝나자 그 큰 키를 구부려 인사를 하고 나서 하시는 말씀이 "아, 매우 좋아요!"였다. 선생님은 수업중에도 누가 대답을 잘하면 "아, 매우 좋아요!"라고 했는데 나는 한번도 "아, 매우 좋아요!"를 듣지 못하는 학생이었다.

그렇게 아직은 쌀쌀한 3월이 지나 이제야 봄이다 싶은 4월 무렵이었다. 농부들은 질척질척한 논으로 소를 몰고 들어가 쟁기로 논바닥을 갈아엎고 새들은 지저귀고 길옆에도 논두렁에도 파릇한 풀들이 돋아나고 있었다.

시골에서야 공부는 학교에서 듣는 것이 전부이고 복습이나 예습이란 말조차도 무슨 말인지 잘 몰랐다. 도대체 배우지도 않은 산수 문제를 혼자서 어떻게 풀어볼 수 있단 말인가?

우리 나이 때쯤이면 아이들은 슬슬 자전거를 배우기 시작했다. 책 보따리를 팽개치고 자전거를 끌고 나와 마을을 가로지르는 비탈길을 흘러 내려와서는 다시 끌고 올라가 미끄럼을 타듯이 또 내려갔다. 그렇게 몇 번을 하고 나면 왼손으로 핸들을 잡고 오른손은 안장에 올려놓고 가랑이를 벌려 페달을 밟을 만큼 능숙해졌다. 무르팍이 몇 군데 까지고 처박힌 자전거를 간신히 세워 벗겨진 체인을 다시 채우느라고 손가락이 기름때로 새까맣게 되고 나서야 바다를 떠가는 돛단배처럼 자전거 안장 위로 몸이 올라갔다 내려갔다 하면서 뒤에서 잡아주지 않아도 혼자 자전거를 탈 수 있었다.

우리 집에도 자전거가 있기는 했는데 엄청 커다란 짐 자전거라 끌기도 힘들었지만 나보다 나이가 스무 살 가까이나 위인 둘째 형이 애지중지하는 전용 자가용이라 감히 끌고 나올 엄두를 내지 못했다. 나는 그저 친구가 끌고 나온 자전거를 뒤에서 잡아주며 조수 노릇을 하다가 한번씩 얻어 타며 자전거를 배웠다.

　가랑이 자전거를 제법 탈 수 있게 된 어느 날 오후였다. 집에 아무도 없는데 마당에 형의 자전거가 세워져 있었다. 평소에는 마음도 못 먹던 자전거인데 무슨 생각이 들었는지 빈 자전거의 안장에 올라가 궁둥이를 실룩거리며 타는 흉내를 내다가 그만 자전거를 끌고 마을 비탈길을 오르기 시작했다. 가슴이 쿵덕거려 마을 꼭대기까지는 못가고 동선마당이 있는 중간쯤에서 자전거를 돌려 비탈길을 내려오다 간이 부었는지 안장에 올라타고 말았다. 육중한 형의 짐 자전거는 가속이 붙으면서 속력을 내기 시작했다. 발질도 못하고서 간신히 핸들을 조절하고 비탈길을 거의 내려오는데, 이게 웬일인가. 저 앞에서 담임선생님이 아이들을 앞서거니 뒤서거니 세우고 마을로 가정방문을 오고 있지 않은가!

　쭈뼛거리는 사이에 자전거는 선생님과 마주쳤고 자전거 위에서 얼떨결에 “선생님, 안녕하세요!” 인사를 하고 빗겨 지나가며 길옆 갈아엎어놓은, 고랑에 물이 가득 찬 논바닥으로 처박히는 순간, 귓가에 아득한 선생님의 목소리.

　“아. 매우 좋아요!”

새끼줄 기차

10리나 떨어진 읍내 학교에 가는 방법은 두 가지였다. 행길이라고 말하는 신작로로 가는 방법과 산 밑과 밭둑을 지나 개울을 낀 제방 둑길을 따라가다 개울을 건너 읍에서 가까운 월송리를 거쳐 신작로로 들어가는 방법이었다.

신작로야 마을에서 마을로 이어지는 국도지만 개울길은 우리 마을에서 읍으로 가는 전용 도로이자 나름대로는 짧은 거리를 가는 단축 도로였다. 큰길은 하루에 몇 번 지나다니는 버스를 타거나 자전거를 타고 다니는 길이고 이 개울길은 주로 걸어서 다니는 사람들이 가는 길이었다.

폭설이 내려 초가지붕과 마을에 몇 채 안 되는 기와지붕에 두

껍게 흰 눈이 쌓이고 논바닥에도 하얗게 덮여 벼를 베어낸 그루터기가 찐빵처럼 볼록볼록 튀어나와 있는 아침이었다. 개울길로 접어드는 야산 밑 준희네 논둑에 늙은 조선소나무 여섯 그루가 구불구불하게 서있는 곳에 책보자기를 사선으로 맨 기재 형을 중심으로 한 열 명은 모여 있었다. 양담말에 사는 6학년 기재 형은 누가 뽑은 것도 아니지만 그냥 우리들의 대장이었다.

　나도 이제 출발하려는 기차를 타려고 필통을 달그락거리며 뛰어갔다.

이렇게 눈이 내리는 날에는 6학년 형들이 기다란 새끼를 묶어서 새끼줄 기차를 만들고 앞에는 시동이 형이 타고 맨 뒤에는 기재 형이 탔다. 너무 어려 보조를 맞출 수 없는 1, 2학년은 탈 수가 없어 여학생들과 함께 기차 뒤에서 달려오다가 처지고 나중에는 우리가 낸 기찻길을 따라 걸어서 쫓아왔다. 모두 새끼줄 안으로 들어가서 양손으로 줄을 잡고 준비를 하면 맨 앞의 시동이 형이 삐익! 하며 기차소리를 냈다. 그러면 우리는 모두 칙칙폭폭! 기차 굴러가는 소리를 내며 발을 맞추어 아무도 밟지 않은 흰 눈이 쌓인 개울길을 따라 학교에 갔다.

중학생 형들의 말에 의하면 맨 앞에서 삐익! 기차를 끌고 가는 시동이 형은 2학년 때 교실이 있는 건물에서 떨어진 학교 화장실에서 쪼그리고 앉아 똥을 누면서 봉초 담배를 종이에 말아 침을 발라 붙여서 피우다가 선생님한테 들켜 복도에서 손을 들고 한 시간 동안 꿇어앉아 있었단다. 저 형은 공부하러 학교에 가는 것이 아니고 새끼줄 기차의 기관장으로 지금 학교에 가는 것이다. 그렇지만 뭐 어떤가. 우리들의 자랑스러운 부대장 형인걸!

벼 타작 하는 날

 평소 같으면 후딱 먹고 일어나 책보를 둘러멨겠지만 오늘 아침
은 괜히 밥상머리에서 미적거리며 아버지와 형의 눈치를 번갈아
보았다. 어제 저녁에 술을 많이 마셨는지 밥숟갈을 바로 입에 집
어넣지 못하고 입 앞에다 대고는 그윽! 그윽! 트림만 하던 형이
나를 보더니 "너, 오늘 학교 가지 말아라!" 하는 것이었다.
 기다리고 기다리던 말이 형의 입에서 떨어지자 밥숟갈이 빨라
졌다. 시멘트 벽돌담 밖에서 학교 가자고 부르는 택동이에게 "나
오늘 학교 못 가! 타작해야 돼" 하며 마치 내가 주관해서 벼를 타
작하기라도 하는 것처럼 의기양양하게 말했다. 나는 나이도 어린
것이 왜 이렇게 학교에 안 가는 게 좋은지 모르겠다. 작년까지만

해도 타작마당에서 아무런 쓸모가 없는 어린애였지만 이제는 나도 어엿하게 부지깽이의 역할이라도 할 수 있게 된 것이다.

찬 이슬에 젖어 누렇게 고개를 숙인 논의 벼 포기에 금빛가루를 뿌리며 햇살이 퍼지기 시작하자 지게를 진 동네 아저씨와 형들이 우리 집 일을 하기 위해 하나둘 모여들었다. 집에서는 아랫집 일영이 할머니나 이웃 아줌마들이 우리 집 부엌에 모여 가마솥에 밥을 짓고 누룽지를 긁어냈고, 작은 솥에는 무를 숭덩숭덩 썰어넣은 고등어찌개를 끓였다. 이따금씩 있는 남의 집 잔치에 국수나 얻어먹으러 다니며 들었던 주눅이 한꺼번에 사라지는 것처럼 나는 신이 났다.

황금 들판의 퇴비가리 옆에 있는 작은 타작마당에서는 개롱개롱 하며 탈곡기가 돌아갔고 까실까실한 벼 알이 튕겨져나가 소복이 쌓이는 걸 보면 마음이 뿌듯해졌다. 들판을 가로질러 쪼르르 집으로 달려가 새참과 막걸리가 실려 있는 리어카를 끌 때에는 자랑스러운 마음마저 들었다.

농사가 많은 집은 한 이틀씩도 벼 타작을 하는데 우리는 황금 들 벌판의 좋고 넓은 논을 다 지나 산 밑에 다랑논 비슷한 것 열두 마지기가 전부였다. 그러니 우리 집 일은 오늘 하루로 끝이었다. 마당에 나무토막을 놓고 쌓아놓은 볏가마니를 이쪽저쪽으로 돌아가며 몇 번씩 세어보는데 마흔넷이었다가 마흔여섯이었다가 자꾸만 헷갈렸다.

각자 집으로 돌아가 씻고서 저녁을 먹으러 우리 집으로 하나둘

씩 들어오는 동네 형들과 아저씨들이 오늘은 마치 우리 식구 같다
는 생각을 하며 막걸리 주전자를 들고 이미 어둑해진 길을 나서
큰길 옆 개울가에 있는 성수네 가게로 뛰어갔다.

이걸 어디다 감추지?

"가져왔어?"

대답 대신 건화는 몸을 뒤틀어 앞으로 쑥 내밀며, 물려받아 입은 교복 윗도리의 오른쪽 주머니를 툭툭 쳤다. 따라 나온 동생 건영이도 이미 제 형 주머니에 무엇이 들어 있는지 알고 있다는 표정으로 제법 의미 있는 웃음을 흘렸다. 우리도 어리지만 이제 1학년밖에 안 된 건영이는 앞으로 벌어질 일이 흥분된다는 듯이 주머니에 두 손을 찔러 넣고 총총 뛰면서 제자리 돌기를 했다.

가자! 갯둑 아래 논바닥에 인디언들의 천막처럼 쌓아놓은 볏짚 가리들을 턱으로 가리키며 내가 앞장서 갔다. 얼어붙은 논바닥에서 바스락 바스락 부서지는 벼 그루터기들을 디뎌 밟으며 적당한 짚가리를 찾아 두리번거렸다. 다른 것들보다 촘촘하고 둑 아래에 바짝 붙어 있어 바람도 잘 막아주는 곳을 찾아 짚가리를 헐어 구 덩이처럼 움푹 팠다. 빼낸 볏짚으로는 문을 닫듯이 울타리를 둘러 치자 제법 아늑한 공간이 만들어졌다. 세 마리 오소리처럼 들어앉 아 우리는 일을 시작했다.

내가 먼저 쫄쫄이바지 주머니를 뒤져 부뚜막에 있는 성냥통의 귀퉁이를 찢은 종이황과 대충 집어온 성냥개비를 꺼냈다. 드디어 건화가 새마을 담배 한 갑을 주머니에서 꺼냈다. 우리 아버지는 건빵 봉지처럼 생긴 종이봉지에 담긴 봉초를 오린 종이에 말아 피 우기 때문에 이렇게 가까이서 손에 감촉을 느끼며 새마을 담배를 보는 것은 처음이었다. 담뱃갑을 찢어 하얀 담배를 하나 건네받고 는 짧은 순간 당황했다. 필터가 없는 이 담배를 어느 쪽으로 물어 야 하지? 힐끗 건화를 보는데 개는 지금 제 아버지에게서 훔친 담 배를 제 동생에게 한 대 권하고 있는 중이었다.

딱종이에 성냥을 긋고 손을 오므려 건화에게 먼저 불을 권하자 건화는 순간 움찔하며 뒤로 뺐다. 성냥불을 내 담배에 대자 입은 자동적으로 담배를 빨았다. 시작하기 전에는 제대로 폼을 잡고 한 대 피우려 했으나 생각처럼 만만치 않았다. 필터가 없는 꼭지에서 담배가루가 혓바닥에 자꾸 달라붙어서 한 모금 빨고 퉤퉤 뱉어버 리고, 코로 연기를 내보자고 들이마시다가 목구멍에 탁 걸려 기침 을 했다.

나는 마치 오늘 담배를 다 배워 검사라도 맡을 듯이 이렇게도 빨아보고 저렇게도 빨아보고 하면서 열심히 뻐끔담배를 피웠다. 건화도 건영이도 마치 오래 참은 것을 한다는 식으로 열심히 빨아 댔다. 입천장이 따가워지고 머리가 어질어질해지기 시작했지만 반쯤 피워 쪼그라진 담배에 새 담배를 이어 붙이며 열심히 빨았다. 위쪽 껍데기를 아예 다 벗겨버린 담뱃갑 속 담배는 셋이서 피워대는데도 아직 많이 남아 있었다.

"야, 안 되겠다. 고만 피우자."

"그럼 이걸 어떻게 하지?"

"니가 가져가!"

나는 조금 무서운 생각이 들어 "안 돼!" 했더니 건화가 하는 말.

"그럼 다 피우고 가자. 흔적을 없애야지."

어디에 감출 궁리도 못하고 결국은 새마을 담배 한 갑을 모두 피웠다. 짚가리 구덩이에서 일어서는데 몸이 휘청거리고 하늘이 빙빙 돌고 입천장은 뜨겁다 못해 가려웠다. 갯둑 끝에서 방앗간 집 건화 형제와 헤어지고 몽롱하게 집으로 돌아오는 길에 서울에 있는 엄마 얼굴이 잠깐 떠오르기도 했고 조금 무서운 생각이 들기도 했지만, 견딜 수 없을 만큼 변화된 어떤 감정들은 생기지 않았다.

저녁밥을 먹고 어둑한 방의 화롯가에서 아버지가 봉초를 말고 있는 것을 멀거니 쳐다보았다. 어쩌면 나도 조만간에 저렇게 아버지처럼 종이에 침을 발라가며 봉초 담배를 말고 있지 않을까 생각하면서.

눈사람

"느이 엄마 마중 한번 나가봐라!"

저녁 군불을 때고 남은 재를 담아놓은 질화로에 인두를 뒤적거리던 아버지가 혼잣소리처럼 말했다. 누구네서 빌려왔는지 겉표지가 찢기고 너덜너덜한 〈새소년〉 잡지책을 펴고 방바닥에 엎드려서 뒤적이던 누이가 슬그머니 내 눈치를 살폈다. 못 들은 척 이불을 뒤집어쓰고 돌아누웠다. 이불 밑으로 누나가 발을 툭툭 건드렸다.

어머니는 방물장수였다. 누런 광목보자기에 실, 바늘, 양말, 이런 것들을 싸서 머리에 이고 이 마을 저 마을을 돌아다니며 쌀이나 콩, 잡곡을 받아왔다. 어머니는 늘 밤에만 돌아오셨다. 어떤 날에는 잠결에 실눈을 떠보면 보따리를 한쪽으로 밀어놓고 받아온 콩이나 쌀을 됫박으로 담아 옮기며 다시 세어보고 계셨다. 아버지는 아랫목 화롯가에서 봉초를 꽂은 손을 이마에 받치고 말없이 바라보고 계셨다.

마루 아래 댓돌 밑까지 새까만 어둠은 겨울 한기를 고무신 바닥에 가득 채워놓았다. 어느새 챙겼는지 열두 살 누이는 말린 고구마를 슬며시 내 손에 쥐어주었다. 이미 내린 눈 위로 소리 없이 밤눈이 내리고 있었다. 어둠에 익숙해지자 누이의 손을 살며시 놓고 마차와 리어카 자국에 눌린 길 위로 몇 발짝을 뛰다가 미끄러지며 고무신 미끄럼을 타며 마을 어귀로 나갔다. 마을에 병풍을 둘러치듯이 길게 늘어진 갯둑가에는 아름드리 가시나무와 늙은 참나무, 껍질이 얇고 붉은 적송들이 늘어서 있는데 논바닥을 하얗게 덮은 눈빛에 반사되어 희미하게 서있었다. 흰 철로처럼 길 위에 뻗어 반짝이는 두 바퀴의 길을 앞서거니 뒤서거니 하며 누이와 나는 어둠 속에 말없이 서있는 갯둑의 나무들을 지나고 개울 다리를 건너 천천히 마을을 벗어나 어머니가 오는 쪽으로 마중을 갔다.

마을과 큰길 사이의 논과 밭으로 하얗게 쌓인 눈 위로 점점 굵어지는 눈송이가 내려앉고 있었다. 눈빛에 반사되어 희미하게 비치는 눈송이들이 얼굴에 떨어지고 등을 돌려 뒤로 걷는 누이의 등에 사선으로 얹혔다. 고개를 꺾고 하늘을 향해 입을 벌려 몇 송이 눈을 받아먹으며 누이와 나는 멀리 떨어지지 않고 어머니 마중을 갔다.

읍을 지나 더 먼 마을과 마을을 지나가는 큰길가에서 발바닥으로 눈을 헤집기도 하고 눈을 뭉쳐 어둠 속에 희미한 나무들을 향해서 몇 번 던지기도 하며 어머니를 기다리면, 이윽고 눈빛에 희미하게 끊긴 어둠 밖 저편에서 검은 그림자 하나가 이리로 소리 없이 다가오는 것이 보였다.

누이와 나는 강아지처럼 달려가 검은 그림자를 맞이하는데 머리 위에 보따리를 이고 등에는 멜빵으로 둘러멘 쌀이나 잡곡의 등짐을 진 어머니가 보따리를 잡은 한 손을 내려 내 머리에 얹힌 눈을 한번 털어주는 것이었다. 개 짖는 소리 하나 없는 고요한 눈 속의 밤을 이렇게 우리는 세 개의 눈사람이 되어 모두가 잠들고 몇 개의 등불이 흔들리는 마을로 소리 없이 돌아오곤 했다.

아이스께끼

나도 그것이 너무나 하고 싶은데 나는 왜 이렇게 용기가 없단 말인가. 이제 한 시간만 있으면 수업은 끝난다. 지금이 국어 시간 인지 산수 시간인지 머릿속에는 아무런 생각이 없고 그저 기필코 오늘은 그것을 하고야 말리라고 다짐을 거듭하며 교실 유리창에 쏟아지는 한낮의 햇빛에 눈을 찡그리며 운동장 밖으로 난 큰길가 에서 자전거를 타거나 걸어서 바쁘게 지나다니는 사람들을 힐끗 힐끗 쳐다보았다.

아직은 한낮이라 수업이 끝난다 해도 장이 파할 때까지는 충분 한 시간이 있음을 알면서도 몸이 비비 꼬이고 저 혼자 생각에 얼 굴이 벌게지기도 했다. 그러다가 무심결에 그만 속으로만 되뇌이며 중얼거리던 주문이 튀어나왔다.

"아이스께끼, 얼음의 과자!"

나는 그만 깜짝 놀라서 칠판을 쳐다보았으나 선생님은 무엇을 적고 있느라 돌아서 있었다. 옆에 앉은 짝 미란이만 중얼거리는 소리를 들었는지 얼굴을 힐끗 보더니 필기를 하는 공책에 눈을 돌리며 "웬 잠꼬대냐"는 듯이 킥킥 웃었다.

5일마다 열리는 읍내 장날이면 수업이 끝난 몇몇의 애들이 조립식으로 지어진 공장으로 달려가 파란 페인트가 칠해진 아이스께끼 통에 마흔 개씩의 파랗고 빨간 아이스께끼를 받아서 통에 매달린 끈을 어깨에 메고 북적거리는 시장통으로 뿔뿔이 흩어졌다. 그들은 제각기 방향을 잡아 사람들의 물결 속에 떠다니는 파란 고무공처럼 출렁거리며 "아이스께끼~ 얼음의 과~자!"를 외치며 흘러 다녔다.

이미 많은 경험이 있어 이골이 난 형들의 목소리는 제법 그럴듯하게 울리고 이제 시작한 초보자들의 목소리는 어쩐지 기어들어가는 것이 그들이 외치는 소리만 들어도 대충은 경력을 짐작할 수 있었다. 어떤 초보자는 눈치를 보면서 경험 많은 형의 뒤만 졸졸 따라다니다 혼이 나기도 했다.

그들이 아이스께끼 값으로 받는 것은 돈만이 아니었다. 구멍 난 고무신이나 사이다병, 콜라병, 밤색 물이 들어 집에서 등잔 기름병으로 즐겨 쓰는 큰 병도 받았다. 아이스께끼 통에는 이런 것들을 받아서 끼워넣기 위해 통 양쪽으로 자전거 바퀴의 고무를 찢어 만든 굵은 줄을 매어놓았는데 아이스께끼가 팔려나갈 때마다 빈 병과 고무신 따위가 통 옆에 끼워져 울퉁불퉁하게 되었다.

나는 오늘도 결국 아이스께끼 장사를 하지 못했다. 몇 번의 경험이 있는 영섭이 뒤를 따라 공장까지는 씩씩하게 갔는데 이미 가는 동안에 반은 풀이 꺾여 버렸다. 파란 통을 메고 돌아다니다 혹시 반 아이들을 만나지 않을까? 남자애들이야 별문제없지만 얼굴만 봐도 괜히 가슴이 쿵덕거리는 읍내 사는 여자애들이라도 만난다면? 혹시 아버지나 형을 만난다면? 머릿속으로 많은 사람들을 만나고 나니 자신이 없어졌다. 속으로 중얼거릴 때는 제법 되던 "아이스께끼~얼음의 과~자!"도 입안에서만 맴돌 뿐 소리가 되어 밖으로 튀어나오지 못했다.

결국 친구이지만 머리가 하나쯤은 더 커서 '멀대'라는 별명이 붙은 영섭이 뒤를 졸졸 따라다니며 마흔 개의 얼음과자가 다 팔리기만을 기다리다 다리도 아프고 섭섭하고 억울한 생각이 들어 괜히 속울음이 났다. 길가에 늘어놓고 옷을 팔던 옷장수들이 옷걸이를 걷고 팽팽하던 시장통의 천막들이 늘어져 보이고 그늘이 질 무렵, 결국은 다 팔지도 못한 아이스께끼 통을 반납했다. 책보따리를 찾아나오면서 이미 녹아서 물이 질질 흐르는 파란 아이스께끼를 하나씩 받아들고 들길을 걸어 집으로 돌아올 때는 친구인 영섭이가 더 커 보이고 부러웠다.

그건 그렇다 치더라도 나 같으면 아이스께끼 통을 받으면 공장을 나오자마자 뚜껑을 열어 수증기 같은 하얀 찬김이 올라오는 통 속에 성애 같은 얼음가루가 묻어 있는 싱싱한 아이스께끼를 한입 쪼옥 빨고 난 다음 오도독 깨물어 먹으면서 장사를 시작하겠다.

땡땡이 치기

우리 학교는 내가 다니던 무렵에도 60년의 역사를 자랑하던 학
교였다. 역사를 자랑하는 대신 돌로 지은 학교 건물은 그만큼 낡
고 우중충했다. 또 우리 학교는 소풍이나 운동회같이 무슨 행사
때마다 비가 오는 전통을 가지고 있었는데 오래전에 소사 아저씨
가 하늘로 올라가려는 이무기를 낫으로 찔러 죽여서 그렇다고 했
다. 낡은 지붕 어디를 뜯어보면 아직도 이무기가 흘린 핏자국이
있을 거라는 스산한 말들을 장난삼아 하기도 했다.

4학년 1학기를 마쳤을 때 중앙에 있는 이 석조건물이 헐렸다.
석조건물을 쓰던 학생들은 1학년과 2학년이 쓰는 건물과 운동장
오른편에 있는 강당으로 옮겨가 오전반과 오후반으로 나뉘어 수

업을 받았다. 한 달씩 바꿔가면서 오전반과 오후반을 하려니 영 헷갈리고 어수선했지만 수업 시간이 조금씩 단축된 것은 마음에 들었다.

경찰서 마당에서 동네 대항 축구 시합이 있는 날 아침이었다. 별 구경거리가 없고 이 마을 저 마을 사람들이 함께 모여 놀 일이 없는 시골에서 그야말로 큰 볼거리가 생긴 것이다. 모든 구경거리는 중간부터 보면 긴장감이 떨어지고 재미가 덜한데 마침 나는 오후반이니 얼마나 다행인가.

아침 일찍 신이 나서 같은 반인 동희와 함께 필통을 달그락거리며 경찰서 마당으로 신나게 달려갔다. 벌써 꽤 많은 사람들이 모여서 웅성거렸고 운동장에는 하얀 가루분으로 선명하게 축구장 금이 그어져 있었다. 흰 페인트가 칠해진 골대에는 그물망이 쳐졌고 골키퍼의 영역을 표시하는 하얀 선이 멋지게 그려져 있었다. 내 눈에는 양팔을 벌려 이쪽저쪽의 골대 기둥을 확인하며 위치를 잡는 골키퍼가 그렇게 멋져 보일 수가 없었다. 그렇지만 막상 공을 찰 때에는 서로가 골키퍼를 하지 않으려고 했다.

여기저기 짐 보따리를 풀고 끼리끼리 모인 다른 마을 사람들을 볼 때에는 그들이 마치 먼 나라 팀인 것같이 낯설고 호기심이 생겼다. 마을 공터나 개울가 모래톱에서 뻥뻥 내지르고 헛발질을 하던 동네 형들도 오늘은 왠지 늠름하고 자랑스러워 보였다.

추석빔 같은 새 유니폼을 입고 마당에서 맨손체조를 하고 각자

몸을 풀 때에는 모든 선수들이 멋지고 나도 덩달아 흥분이 되어서
오금이 저려왔지만, 막상 호루라기 소리가 들리고 게임이 시작되
자 금방 동네 축구로 돌아왔다. 여기저기서 뻥뻥 내지르고 수비는
높이 뜬 공을 잡으려다 발밑으로 알을 깠다.

"너 학교 안 가냐?"

하얀색 윗도리에 까만 숫자로 2번이 새겨진 유니폼을 입은 형
이 기웃거리는 나를 보고 물었다.

"오후반인데요."

형은 나를 데리고 가서 바지 주머니를 뒤져 50원짜리 백동전
하나를 주었다. 동희와 나는 얼른 운동장 밖으로 뛰어가 20원을
주고 라면을 하나 사서 봉지를 뜯지 않고 잘게 부순 다음 수프를
뜯어 반을 붓고 흔들어 서로 조금씩 꺼내 먹으며 어슬렁어슬렁 경
찰서 운동장을 돌아다녔다.

어느덧 두 경기가 끝나고 해가 중천에 떴다.

"학교 안 가냐?"

이번에는 동희가 물었다.

"야! 30원 남은 걸로 번데기나 사먹고 그냥 구경이나 하자!"

동희는 꼬시는 나를 두고 매정한 등을 보이며 경찰서 마당을
빠져나갔다. 혼자 남은 나는 혹시 형하고 마주치지 않을까 겁이
나서 동네 사람들에게서 멀찌감치 떨어져 있었다. 라면 스프 봉지
를 빨면서 구경을 했지만 마음이 불안해서 그런지 별 재미가 없었
다. 가끔씩 주머니에 손을 넣어 10원짜리 동전 세 개를 확인했다.

조금 지나자 오전반 수업을 마친 애들이 왔다. 나는 마치 내가 수업을 마치고 온 것처럼 안도감이 들고 기웃거리며 몰려오는 친구들이 반가웠다. 그렇지만 내가 먼저 달려가 그들을 맞아서는 안 되었다. 눈에 띄기 쉬운 장소에 자리를 잡고 이미 다 빨아먹은 라면 스프 봉지를 이따금씩 빨면서 경기에 열중하는 척하고 친구들을 기다렸다. 어디는 어디한테 이기고 우리 동네는 어디한테 3대 빵으로 지고 누가 헛발질을 하고⋯⋯. 머릿속에서는 수업을 까먹으면서 얻은 정보들을 빠르게 되새기며 정리해갔다.

마음을 콩밭에 두고 책상머리에 앉아 지루하게 수업을 받는 것보다는 이렇게 큰 구경거리가 있는 날은 학교에 하루쯤 빠지는 것이 훨씬 즐겁다는 것을 알게 해주어야 했다. 그래야 다음번에는 동지가 생기지! 이렇게 해서 4학년이 되도록 나는 한번도 개근상을 받지 못하는 전통을 이어갔다.

홍식이네 식구들

어른이고 애들이고 그 집 식구들을 말할 때는 그냥 '홍식이네'라고 했다. 홍식이네가 우리 동네로 들어온 것은 한겨울이었다. 옹기종기 모여 앉은 초가집과 몇 채의 기와집 굴뚝에서는 아침저녁으로 밥을 짓고 쇠죽을 끓이는 연기가 차가운 하늘로 머리를 풀며 흩어지는 때였다.

외양간에 매인 누렁이 소는 멍석으로 덕석을 덮고 아래턱에 잔고드름을 수염처럼 달고 되새김질을 했다. 가마솥 뚜껑을 열어젖히고 콩깍지가 섞인 여물을 바께스에 담아 구유에 부어주면 김이 무럭무럭 나는 쇠죽에 코를 벌름거리며 콧김을 뿜어대는 누렁이 소를 볼 때마다 홍식이네 식구들이 생각났다. 어쩌면 홍식이네는 쇠죽처럼 뜨거운 국물도 없이 밥을 먹는지도 몰랐다. 흥식이네 집에서는 연기가 올라오는 날이 없었다.

흥식이네가 들어가 사는 곳은 집이 아니고 그냥 흙벽돌을 쌓고 초가지붕을 해놓은 네모난 창고였다. 어느 날 비어 있던 그 창고로 나이를 알 수 없는 아줌마와 세 명의 아이들이 들어왔다. 바닥에는 볏짚을 잔뜩 깔고 그 위에 가마때기와 떨어진 멍석을 깔았다. 가마니를 찢어서 길게 가려놓은 것이 방문이 되었다. 한마디로 외양간 같은 곳에서 살았다.

마을 사람들은 그들이 살게 할 방도를 마련해주지도 않았지만 그렇다고 내쫓자고 어떤 궁리를 하지도 않았다. 밥상머리에서건 두런두런 모인 아주머니들의 입에서건 흥식이네 이야기가 자주 나왔지만 그들이 어디서 왔는지, 왜 아버지는 없는지, 왜 그렇게 살아야 하는지에 대해서는 아는 사람이 없었다.

며칠이 지났는지 알 수 없지만 흥식이네 엄마는 바가지를 들고 밥을 얻으러 다니기 시작했다. 그러나 아이들은 구걸을 하지 않았다. 밥이나 반찬을 주느라 흥식이네 엄마와 마주친 아주머니들 중에 어떤 이도 흥식이네 엄마가 말을 하는 것을 들어보지 못했다고 했다. 한번도 씻지 않은 얼굴이지만 얌전하게 생겼다고 했다. 그 이는 밥을 얻으러 갈 때 말고는 문밖으로 나오는 법이 없었다.

동네 아이들도 세 명의 아이 중에 유일한 사내아이인 흥식이를 통해 누나는 흥녀이고 동생은 흥순이라는 이름만 알았을 뿐이다. 흥식이는 자치기를 하거나 썰매를 탈 때 곧잘 따라와 구경을 했지

만 같이 하자고 하면 소처럼 헤벌쭉 웃기만하고 뒷걸음을 쳤다. 처음에는 이 낯선 가족에게 불쾌감이나 혹시나 하는 막연한 피해 의식 같은 마음을 가졌던 이들도 얼마 지나지 않아 이 가족이 비록 근본도 모르고 없이 살지만은 어른이나 아이들이나 착한 사람들이라는 것을 알게 되었다.

홍식이는 조금씩 아이들과 친해져서 나무를 하러 갈 때에는 아이들이 탄 리어카를 뒤에서 밀며 들길을 따라다니기도 했고 논두렁에서 불장난을 할 때는 마른 삭정이를 구해다 모닥불에 슬며시 던져놓기도 했다. 저녁 해가 뉘엿하여 집에 돌아와 뚝배기에 끓는 청국장을 볼 때에는 홍식이 생각이 나기도 했지만 누구도 홍식이를 집으로 데려와 같이 밥을 먹지는 않았다.

그렇게 겨울이 흘러갔다. 먼산에 희부연 잔설이 녹고 마른 논바닥에 들러붙어 있던 얼음조각들도 녹았다. 겨우내 모여서 어른은 어른들끼리 아이들은 아이들끼리 양지바른 곳이나 사랑방을 찾아다니며 자기들의 방식으로 지루한 시간을 때우던 이들의 몸속에도 나른한 숨통이 트이고 무언가 일할 거리를 찾기 시작했다. 집 앞 논바닥에 쌓아놓은 거름자리에서 김이 솟아올랐다. 제법 푸석해진 텃밭에는 꽃다지 냉이들이 얼굴을 내밀고 바람은 두꺼운 겨울옷을 벗고 얇은 긴팔로 갈아입었다.

누가 제일 먼저 알아냈는지 몰랐다. 홍식이네 집이 비어 있었다. 추운 겨울을 흙벽 집 지푸라기 위에서 웅크리고 지냈을 겨울새 가족이 상큼한 봄바람에 깃털을 간질이며 새싹이 돋아나는 봄의 풀밭 위를 날아서 갔다. 누구도 홍식이네 가족이 날아간 곳을 알지 못했다.

너 두고 봐라!

"야! 고만 하고 내일 다시 하자."

"에이, 싫어! 안 보일 때까지 하기여!"

"그래 좋아. 계속해!"

내기 자치기를 해서 이미 나한테 딱지 백 장과 유리구슬 30개를 잃은 천우는 약이 오를 대로 올라 거의 울 지경이 되었다. 이제는 더 내기를 할 것이 없어지자 마지막이라며 고구마 열 개 내기를 하는 중이었다. 나는 자치기를 그리 잘하는 편이 아닌데 이상하게 오늘따라 치는 족족 쭉쭉 뻗어나가 천우의 약을 올렸다. 이거 이상하다 싶은 천우는 한번만 더 하자고 우기며 여기까지 왔다.

뻰치기를 하던 여자애들도 돌아가고 옆에서 구경하던 성수, 택동이도 밥 먹으러 간 지 오래다. 미군부대 뒷산으로 저녁 해가 걸리고 자치기를 하는 동선마당에도 어둑하게 땅거미가 깔리기 시작했다. 나야 내가 알아서 가는 것이고 이 자식은 밥 먹으라고 부르지도 않나 생각하는데 천우의 여동생 혜경이가 올라와 "오빠! 엄마가 빨리 밥 먹으래" 하고 불렀다. 성질이 난 천우가 "안 먹는다 그래!" 하고 소리를 질렀다.

처음에는 신나고 재밌던 나도 은근히 천우의 고집에 질리고 지루하기도 했다. 그렇다고 두 살이나 어린 놈에게 기껏 딴 것을 돌려주기도 싫었다. 결국 "야! 천우야 이건 내가 졌다 치고 저녁 먹고 고구마 열 개 갖다 줄게 내일 또 하자" 하고 간신히 꼬셨다.

"바로 가져와, 형!"

뒷문으로 들어가 슬며시 마당으로 들어서는데 사랑방 부엌에서 내 대신 쇠죽을 끓이던 형이 잔뜩 화가 나서 "너 이 자식, 쇠죽도 안 쑤고 어딜 쏘다녀" 소릴 질렀다. 이래저래 늦은 저녁밥상에 둘러앉아 눈칫밥을 먹고 있는데 뒤꼍 울타리 밖에서 악을 쓰는 소리가 들렸다.

"용주 형! 씨팔 빨리 고구마 내놔!"

이상한 도둑

동네에 이상한 일이 생겼다. 누가 대낮에 빈집 부엌에 들어가 바닥에 밥상을 펴놓고 찬장을 열어, 있는 대로 반찬을 꺼내놓고 밥을 훔쳐 먹고 갔다. 그런데 이 도둑은 밥만 훔쳐 먹을 뿐 다른 것에는 일절 손을 대지 않았다. 처음에는 열흘에 한번 정도씩 이런 일이 일어났다. 그러나 차츰 그 날짜가 좁혀졌다. 일주일에 한번, 그러다가 사흘에 한번씩 대낮에 빈집의 부엌에 들어가 버젓이 밥상을 펴, 있는 반찬을 모조리 꺼내놓고 밥을 먹고 갔다.

소문이 무성해지고 경계심이 생길수록 도둑의 행동은 대담해졌다. 석유곤로에 생선찌개를 데워 먹고 계란이 있으면 프라이를 해먹었다. 그렇다고 이 밥도둑 때문에 들일을 쉬고 집을 지킬 수는 없었다.

사람들은 화가 났다. 애꿎은 아이들이 추궁을 받고 더러 드나드는 타지 사람들이 눈총을 받았다. 먼데 있는 밭이나 논으로 일을 나간 집에서는 아예 밥상을 들고 방에 들어가 먹고 나가기도 했다. 이 밥도둑에게 심하게 욕을 하는 집에는 다시 이 밥도둑이 들어 밥을 먹고 난 상 위에 똥을 누고 갔다.

사흘이 지났다. 닷새가 지났다. 열흘이 지나가도 밥도둑이 들지 않았다. 어른들은 조금 잠잠해졌지만 아이들은 밥상머리에서 귀를 곤두세우고 혹시나 하고 밥도둑 이야기를 기다렸다. 지루한 날들이 흘러갔다. 두 달 가까이 동네를 떠들썩하게 했던 밥도둑 사건이 잊혀지고 있었다.

한 달이 지나고 다시 밥도둑이 들었다. 그러나 이번에는 두번째 집에서 그만 붙잡히고 말았다. 단서는 똥이었다. 이 밥도둑은 제가 살고 있는 고모네 집 부엌에서 밥을 훔쳐 먹고 바닥에 똥을 누다가 늙은 고모에게 부엌에서 발각되었다.

화가 났지만 아무도 영석이를 때리거나 욕할 수가 없었다. 영석이는 열두 살이었다. 영석이 위로는 두 살 많은 누이가 하나 있고 아래로는 여동생이 둘 있었다. 영석이 엄마는 굉장한 미인이었다. 그러나 늘 심한 기침을 하고 기침 끝에는 피를 토하는 병을 앓았다. 그러나 정작 먼저 죽은 것은 영석이 아버지였다. 술에 젖어 살던 아버지가 작년에 술에 잔뜩 취해 농약을 먹고 돌아가셨다. 초등학교를 졸업한 누이는 중학교에 가지 않았다. 드문드문 땡땡이를 치던 영석이도 올해부턴 아예 학교에 가지 않았다. 영석이 엄마의 병은 빠르게 깊어갔다. 밤이면 피를 토하며 기침하는 엄마의 울부짖는 소리를 듣고 아이들은 떨었다. 한 마을에 사는 유일한 혈육인 혼자 살고 있는 고모네 사랑채로 식구가 옮겨왔다. "차라리 빨리 뒈져!" 하는 늙은 고모의 피맺힌 탄식이 이따금 울타리를 넘어 어두운 밤하늘에 흩어졌다.

둘러선 아줌마들과 어른들 틈에 덤덤하게 고개를 숙이고 있던 영석이가 입을 열었다. 비각거리나 짚더미 같은 데서 자기도 하고 낮에는 뒷동산 꼭대기 큰 참나무에 올라가 망을 보고 빈 집을 찾아가 밥을 먹었다고 했다. 얼마 지나지 않아 영석이는 마을을 떠났다. 수색인가 어디에 먹여주고 재워주는 철공소에 취직하러 갔다고 했다.

술 취한 엿장수

우리 동네보다 5리나 10리 정도는 먼 연라리나 이천 거리에 사는 애들은 4, 5학년이면 자기 자전거를 타고 학교에 다녔다. 우리 동네에는 자전거를 타고 학교에 다니는 애들이 없었다. 그래서 가끔 자전거를 얻어 타고 집으로 돌아오기도 했다. 자전거 뒤에 타고 올 때에는 오르막길에 이르면 알아서 깡총 뛰어내려 뒤에서 밀어 안장에서 엉덩이를 들고 힘을 쓰는 운전수가 자전거에서 내리지 않고 고개를 오르게 밀어줘야 했다. 완만한 오르막과 내리막이 많은 시골길에서는 이렇게 하는 것으로 공짜로 타는 값을 치르는 셈이었다.

성수와 둘이 걸어가다가 윗마을에 사는 영준이와 승남이를 만났다. 달려가다 브레이크를 잡고 천천히 가는 자전거에 각자 올라타고 갔다. 생각지도 않은 공짜 자전거를 타고 기분도 상쾌하게 읍내 길을 빠져나가는 입구인 땅콩방앗간을 막 지나는데 갑자기 영준이가 급정거를 하며 승남이를 불러 세웠다.

"야, 승남아, 저기 엿장수 있다!"

삼거리 오른쪽 목공소 옆길에다 세워놓은 엿장수의 리어카가 보였다. 꼭지에 구멍이 뻥 뚫린 매꼬자를 쓴 아저씨가 엿장수 가위를 잡은 오른손을 담벼락에 받치고 오줌을 누고 있었다. 자전거를 받쳐놓고 넷이서 우르르 리어카에 달려들었다. 엿판에는 엿치기를 하는 엿가락과 끝을 대고 가위로 딱딱 쳐가며 끊어서 파는 넓적한 엿이 반이 조금 못되게 있었다.

그런데 이건 무언가? 마치 하얀 실타래를 꽈배기 틀어놓은 것 같은 굵은 엿가락이 둘둘 말려 한 열 개 정도가 쌓여 있는 것이 아닌가. 생전 처음 보는 큰 엿이었다. 그제야 놀라고 신기해하는 촌놈들에게 다가온 아저씨가 "야! 이거 하나면 느네들 엿 먹다 배터질 것이다!" 했다. 자랑을 하는데 입에서 술 냄새가 풀풀 풍겼다. 가만히 보니 아저씨는 엿 판 돈으로 몽땅 술을 먹었는지 얼굴이 검붉었고 몸을 가누기도 힘든 것처럼 휘청거렸다. 바지춤을 채울 기운도 없는지 헝겊 허리띠 아래 남대문이 그냥 열려 있었다.

자, 이쯤 되면 우리도 생각이 달라지지 않겠는가? 알아서 이쪽저쪽으로 흩어져 괜히 값을 물어보고 엿을 만져보면서 술 취한 아저씨의 얼을 빼놓았다. 성수가 "그럼 네 개에는 얼만가요?" 물어

보는 사이 승남이가 엿가락 하나를 얼른 집어넣었다. 승남이가 훔친 것을 나눠 먹으니 나도 얼른 하나를 훔쳐야 한다고 생각하니 술 취해 허허 웃으며 비틀거리는 아저씨도 빈틈이 없어 보이고 가슴이 쿵덕거렸다.

여기저기서 제 먹을 엿은 제가 훔치고 이제 가자고 서로 눈짓을 하는데 통 큰 영준이가 갑자기 "아저씨 술도 많이 취하셨는데 리어카 우리가 끌어다 드릴게요" 하면서 리어카 손잡이를 번쩍 들어 끌고 갔다. 아무 생각 없는 아저씨가 어! 어! 비틀비틀 쫓아오는 사이 영준이는 벌써 저만큼 앞서서 신나게 달렸다. 이어달리기를 하는 것처럼 얼른 자전거를 끌고 냅다 달려 영준이를 앞서는 찰나, 리어카를 세운 영준이가 하얀 실타래처럼 큰 엿 두 개를 집어들고 달리는 자전거 꽁무니에 냅다 올라탔다. 앞에 탄 애들은 페달을 밟느라 정신이 없고 뒤에 탄 애들은 멀어지는 엿장수 리어카와 비틀거리는 아저씨를 쳐다보며 킬킬거리느라고 배가 다 아팠다. 멀리 있던 미안함은 밤이 되어서야 이불 속으로 찾아왔다.

오빠! 엄마가 빨리 오래!

겨울밤이지만 보름을 향해가는 상현달이 동산 위에서 커다란 남포등처럼 비춰주어 불빛이 없어도 닭장을 찾는 데는 아무 문제가 없었다. 그런데 벌써 몇 번 허탕을 친 것은 그놈의 개새끼들 때문이었다. 한동네 살며 서로 모르는 처지도 아닌데 대문만 살짝 밀치면 발광을 하고 짖어대는 통에 안방에 꺼진 불이 다시 켜지기도 전에 "누구여!" 소리만 듣고 도망쳐 나온 게 벌써 세 집째였다.

오늘은 외가 쪽에 누군가가 돌아가셔서 어른들이 안 계신 하준이네 안방에 떡하니 모여서 형들도 가끔 하는 짓을 한번 해보려는데 그게 마음대로 되지 않았다. 지금쯤 집에 남은 애들은 솥에 물을 끓이고 막걸리 한 되를 받아놓고 닭 훔쳐 오기만을 고대하고 있을 것이었다.

오늘은 일곱 명이 모였다. 집주인인 하준이는 빼고 여섯이 뺑을 쳐서 네 명을 뽑았는데 나와 성수, 택동이, 동희가 닭 훔치는 조에 걸리고 정수와 희용이는 막걸리를 받아오는 조에 걸렸다. 막걸리를 받아오기는 쉬웠다. 그냥 주전자 하나 들고 개울가 가게에 가서 "아버지가 막걸리 한 되 달래요" 하면 가겟집에서는 외상 장부책을 꺼내 "누구네 막걸리 한 되" 하고 적기만 하면 끝나는 것이었다.

"야! 따라와!"

동희가 무슨 결심을 한 듯 앞장섰다. 제집 대문 앞에 이르자 동희는 손가락을 입에 대며 쉿 하는 시늉을 했다. 동희가 고양이처럼 살짝 "해피야!" 하고 부르자 발바리 새끼 한 마리가 꼬랑지를 흔들며 문 밑으로 기어 나왔다. 동희는 얼른 해피를 끌어안고 "먼저 가 있을게!" 하며 눈짓을 하고는 하준이네 집 쪽으로 냅다 튀었다. 우리가 비록 어려도 개 없는 집에서 닭 한 마리 훔쳐오는 것쯤은 문제없는 나이는 된 것이다.

솥에서 닭이 삶아지는 동안 술 욕심이 많은 나는 김치에 차가운 막걸리를 한 사발 들이켜고 입을 훔쳤다.

"하준아! 다 됐냐?"

"응 조금만 기다려!" 하는데 밖에서 "오빠! 엄마가 빨리 오래" 하는 소리가 들렸다. 제집 닭을 훔친 동희의 여동생이었다. 동희는 성질이 났지만 문밖의 동생만 보내지도 못하고 또 들어오라 소리도 못하고 끌려가듯 동생을 따라갔다.

동희는 동희고, 한 입이 줄어든 우리는 웃고 떠들며 형들처럼 막걸리 잔을 돌리고 멋진 닭서리의 하룻밤을 자축하며 한결 성숙해진 듯 자부심을 느꼈다. 적어도 다른 애들보다 세 잔은 더 마신 나는 별빛이 무더기로 쏟아지는 겨울 하늘에 후우후! 입김을 뿜으며 뒷문으로 들어와 고구마가리와 쌀독이 있는 윗방에 몰래 들어가 잤다.

다음날 아침 쇠죽을 끓이러 나가신 아버지가 마당에서 지르는 소리가 들렸다.

"야! 어떤 놈들이 밤에 토끼 두 마리나 훔쳐 갔다!"

옷을 벗고 뛰어라

승식이의 별명은 개꼬리다. "야! 개꼬리" 하고 아이들이 놀리지만 사실 그날은 승식이뿐만이 아니라 모든 아이들이 꼬랑지에 불붙은 개처럼 황금들 실개천 둑길을 정신없이 뛰었다. 나도 이제껏 그렇게 숨차게 달린 적이 없었다. 그날이 운동회 날이었다면 당연히 헐떡거리는 승식이 팔뚝에 1등이라는 빨간 고무도장이 찍혔을 것이다. 그러나 승식이는 공책을 상품으로 받은 것이 아니라 개꼬리라는 별명을 얻었다.

황금들 벌판 건너편 끝자락에는 구곡사까지 긴 산이 이어지고 산 밑자락으로 실개천이 흘렀다. 황금들 논으로 물을 대주며 흘러가는 개천에는 찬물에서 사는 수수미꾸라지나 가재, 중트라지 같은 고기들이 있었다. 그러나 애들은 좀처럼 이곳으로 고기를 잡으러 가지 않았다. 개천에서 뻗어 올라가는 산자락이 가파르고 숲이 우거진 개천에는 항상 그늘이 져서 뭔가 음침하고 무서운 생각이 들었다. 누가 봤는지는 모르지만 그곳에는 떼뱀이 살고 있다고 동네 형들이 겁을 주기도 했다. 애들도 그것이 사실이라고 생각하지는 않았지만 뱀 한 마리만 보아도 끔찍한데 수십 마리의 뱀이 한데 엉켜서 똬리를 틀고 있는 모습은 상상만 해도 소름이 끼쳤다. 더구나 이 떼뱀은 머리 한가운데에 외눈깔이 다이아몬드처럼 박혀 있다니 얼마나 무시무시한 뱀인가.

무언의 성역처럼 여겨지던 그곳으로 애들이 몰려가 버들가지와 갈대가 우거진 갯둑의 풀밭을 헤집고 다닌 것은 개구리 때문이었다. 마을 앞에 생긴 골프장에서 개구리 다리 한 개에 5원씩을 주고 사는 바람에 학교에 갔다 온 아이들은 개구리 잡기에 혈안이 되었다. 놀란 개구리들이 여기저기서 풀쩍풀쩍 뛰며 개천 물웅덩이로 뛰어들었다. 버들가지 하나씩을 꺾어든 아이들이 짝 하고 등짝을 후려치면 개구리는 쫙 뻗어 물갈퀴가 달린 발끝을 부르르 떨었다. 처음엔 징그러워 엄두를 못 내던 애들도 머릿속에 5원을 생각하면 더이상 참지 못하고 개구리 몸통을 밟고 손으로 비틀어 다리를 잘랐다.

풀줄기에 한 마리 두 마리 꿰이는 개구리 다리에 정신이 팔린 애들은 떼뱀은 잊어버리고 점점 흩어지며 개천을 따라 자꾸만 올라갔다. 뒤에 오는 애들은 이미 다리가 잘려 버려진 개구리 등짝

에다 다시 버들가지를 후려치기도 했다. 그날따라 승식이와 동희
는 한 패가 되어 저만큼 앞서가며 개구리를 잡았다.

"야! 성수야! 큰 놈은 남기고 작은 놈은 구워 먹자."

내가 성수를 꼬셨다. 꾀가 나기 시작하는 몇 명이서 소나무 아
래에 삭정이를 모아놓고 연기를 피워 올렸다. 돈을 까먹는 것 같
아 아깝기도 했지만 숯 냄새 나는 개구리 다리를 소금에 찍어 먹
는 맛도 유혹이었다. 서로가 자기 먹을 것을 골라 숯불이 된 삭정
이 위에 개구리 다리를 올려놓고 뒤집으며 침을 꼴깍이고 있는데,
승하가 맨 앞에 헐레벌떡 뛰고 그 뒤에 동희 정수 희용이가 숨 막
히게 달려왔다.

"떼뱀이다!"

개구리 다리고 뭐고 다 팽개치고 아이들은 일제히 실개천 둑길
을 내달리기 시작했다. 아이들은 달리면서 웃통을 벗어던졌다. 떼
뱀은 무엇을 하나씩 주어야 안 쫓아오지 그렇지 않으면 집에까지
쫓아온다는 소리를 형들한테 들은 때문이었다. 그날 모든 애들이
정신없이 달렸지만 승식이는 웃통을 벗은 채로 제일 먼저 자기 집
에 도착했다.

또 안 싸우나

부슬부슬 비가 내리는 저녁이었다. 문밖에서 웅성거리는 소리
가 들리더니 우당탕 하면서 함석으로 만든 우리 집 대문을 들이받
는 소리가 났다.

"야! 임마 니가 참어."

"이거 못 놔!"

형 목소리와 형 친구들의 목소리가 우르르 마당으로 쏟아져 들
어왔다. 문밖에서는 또 "너 이 새끼 일루 안 와!" 어쩌구 하면서
뿌리치고 말리고 하는 소리가 들렸다. 저렇게 서로 죽이니 살리니
싸워도 내일 술 깨고 나면 그만이고 또 몰려다닐 것이었다.

우리 형이 싸우지 않고 말리는 쪽인 것이 우선은 안심이 되고

겁이 덜컥 나서 방문을 빠끔 열고 쳐다보았더니 양담말 사는 경철이 형과 음담말 사는 정만이 형이 서로 엉켜 붙으려고 하는 것을 다른 형들이 말리고 있었다. 저 또래 형들은 동네의 청년들이고 일꾼들이라 자기들끼리 해결하기 전에는 누가 와서 쉽게 말리지도 못했다. 그런데 가만히 들어보니 장에서 이미 한판 말다툼을 하고 서로 화해를 하고 동네까지 잘 와서 개울께 가게에서 한잔 더 하다 다시 말꼬리를 잡고 발동이 걸린 모양이었다. 서로 욕지거리를 하고 으르렁댔지만 달라붙어 싸울 기세는 아니었다. 한바탕 밀치고 젖히고 하더니 두 패로 갈라져 서로 싸우는 사람을 끌고 대문 밖으로 나갔다.

"끙! 장에만 갔다 오면 저 지랄덜이여."

아버지는 내다보지도 않고 봉초를 말아 불을 붙였다.

아침에 학교에 가려고 나서는데 부슬비가 밤새 내렸는지 마당이 질척했다. 발자국을 골라 찍으며 대문을 열려는 순간 숨 막히는 횡재를 했다. 질척한 마당에 흙탕물이 묻은 백 원짜리 동전이 달라붙어 있었다. 얼른 주워서 바지에 문지르고 움켜쥔 채로 그 짧고도 긴 순간에 정신없이 마당을 헤맸다. 백 원짜리 세 개와 10원짜리 일곱 개를 주머니에 넣고 몇 백 번을 만지작거리며 학교에 갔지만 도대체 마음이 급해서 견딜 수가 없었다. 빨리 집 마당으로 달려가면 줍지 못한 돈이 틀림없이 더 있을 것 같았다.

그날 이후 채송화, 맨드라미가 심긴 담장 밑 꽃밭까지 헤집으며 며칠 동안 마당을 이 잡듯이 뒤졌다. 물론 나 혼자서!

영동이의 죽음

반장의 인사가 끝나자 교탁 앞에 선 선생님은 조금 뜸을 들이다 고개를 들었다.

"여러분. 권영동 군이 어제 죽었습니다!"

선생님의 말투는 공손했다. 순간, 아이들의 눈빛은 일제히 맨 오른쪽 분단의 앞에서 두번째 자리에 쏠렸다. 영동이 자리는 한 달 가까이 비어 있었다. 금방 울먹이는 여자애도 있었고 다리 사이에 손을 모으고 만지작거리는 애도 있었다. 그러나 누구도 소리 내어 울지는 않았다. 슬픈 얼굴들을 하였지만 눈물을 흘리지는 않았다.

영동이는 잘 씻지 않고 지저분했다. 빡빡머리에다 느림보였다.

쉬는 시간에도 뛰지 않았다. 그애는 항상 찰랑이는 물동이를 든 것처럼 다녔다.

다 같이 일어나 묵념을 했다. 눈을 감자 영동이 얼굴이 떠올랐다. 그애는 항상 솜으로 귀를 막고 다녔다. 귀로 자주 손이 갔다. 슬며시 솜을 빼고 갈아넣는 것을 본 적이 있었다. 갑자기 가슴 저리게 영동이에게 미안했다.

체육시간이었다. 여자들은 한쪽에서 피구를 하고 남자들은 반씩 갈라 축구를 했다. 앞에서 어정거리는 영동이를 그대로 밀어붙이고 공을 몰았다. 힘없이 뒤로 자빠진 영동이는 한동안 일어나지 못했다. 공을 뺏기고 나서 미안한 마음에 다가가서 부축해 일으켰다. 간신히 일어난 영동이가 무심결에 오른쪽 귀에 있는 솜을 뺐다. 귀에서 누런 고름이 흘러나왔다. 쓰윽 귓불을 문지르는 손에 고름이 묻었다. 영동이는 그것을 바지에 닦으며 운동장 한쪽으로 걸어갔다.

묵념이 끝났지만 고개 숙인 내 머릿속에는 영동이의 귓불을 타고 흐르던 고름이 선명하게 떠올라 사라지지 않았다. 오래도록 지워지지 않을 것이다.

아버지의 장날 선물

아버지는 별로 말이 없으셨다. 아버지가 다른 사람들하고 호탕하게 웃고 떠들거나 남하고 싸우는 것은 한번도 보지 못했다. 수돗가에서 등을 구부리고 낫을 갈거나 쇠죽이 끓는 아궁이 앞에서 불을 바라보다가 마당으로 뛰어들어오는 나를 멀뚱히 쳐다보곤 하셨다. 나는 막내라고 해도 아버지의 무릎에 앉아본 적이 없었다. 양 볼을 손으로 감싸고 얼굴을 바짝 당겨 눈을 맞추는 다정함을 느껴보지도 못했다.

겨울밤 오줌이 마려워 더듬거리며 일어나면 식어가는 화로 앞에서 담배를 꽂은 손으로 이마를 받치고 있는 아버지가 보였다. 아버지는 부지런한 농부였다. 농사철에는 늘 아침을 먹기 전에 벌써 밭에 나갔다 돌아오셨다. 이슬 묻은 산딸기를 한 아름 베어와 마당에 툭 던져놓으셨다. 딸기를 따 먹으라든지 맛있냐든지 하는 말도 없었다.

그렇게 조용한 아버지에게 버릇이 한 가지 있었다. 장날이 되면 술에 잔뜩 취해서 제일 늦게 비틀거리며 돌아오는 것이었다. 다른 이들은 친구들과 같이 온다든지 부부가 함께 돌아오지만 아버지는 늘 혼자서 돌아오셨다. 그럴 때는 어머니가 서울에 있는 것이 쓸쓸하게 느껴졌고 아버지가 불쌍한 생각이 들기도 했다.

서쪽 하늘에 붉은 노을이 퍼지고 노른자처럼 박혀 있던 해가 산 뒤로 숨었다. 개울둑을 끼고 장군동 쪽으로 넓게 펼쳐진 논에 벼꽃을 막 피우는 벼들이 어스름에 잠기고 있었다. 이따금 큰길을 따라 더 먼 마을로 두셋씩 어울려 걸어가던 사람들도 보이지 않았다. 늙은 아까시나무들이 우뚝우뚝 서있는 갯둑의 공터, 청년들이 만들어놓은 나무 평행봉에 앉아 읍내 쪽을 바라보았다. 끝이 보이지 않는 저 먼 어디쯤 비틀거리며 아버지가 오고 있을 것이었다.

평행봉에서 내려와 개울 둑길을 따라 천천히 걸어갔다. 잔잔한 바람에 둑가의 풀들이 흔들렸다. 개울물 소리가 낮게 들려왔다. 저만치서 물결에 밀려오는 나뭇잎처럼 흔들리며 오시는 아버지가 보였다. 빈손이었다. 새로 산 낫 한 자루 없이, 종이에 싸서 봉지에 넣은 자반고등어 한 손 없이 빈 몸으로 돌아오는 아버지를 보자 울 것 같은 슬픔이 밀려왔다.

고개를 숙이고 땅바닥을 헤집는 머리에 아버지의 손이 얹혀졌다. 아버지는 처음으로 내 양 볼을 잡고 당신 얼굴을 비볐다. 막걸리 냄새가 훅 끼쳐왔다. 따가운 수염이 얼굴을 문질러댔다. 아버지는 조끼 주머니를 뒤적거려 검고 쭈글쭈글한 미역꽃을 몇 개 내 손에 쥐어주었다. 시장 귀퉁이 마른 미역가게 앞에 쭈그려 앉아 미역을 만지작거리는 늙은 아버지의 모습이 머릿속에 그려졌다. 무엇인지 모르지만 아버지를 원망할 수 없다는 생각이 들었다.

두 개의 상처

준이가 스케이트를 사더니 오늘은 성수가 또 스케이트를 사서 얼음판에서 미끄러지며 폼을 잡았다. 그렇지만 아직까지는 썰매를 타는 애들이 더 많았다.

"야, 기차 타자!"

기차놀이는 썰매를 대여섯 개 잇대어놓고 운전수가 그 위에 엎드리면 애들이 나란히 올라타서 각자 꼬챙이로 얼음을 지치는 놀이다. 엎드린 운전수는 손에 잡은 외발 썰매로 핸들을 꺾으며 삐익삐익! 소리를 지르고 기차처럼 얼음판을 돌아다녔다. 애들이 올라타 힘들 것 같지만 낮게 엎드린 밑으로 씽씽 스쳐가는 얼음 바닥을 보는 것이 재미있어서 기차 운전수는 항상 인기가 높았다.

그렇지만 오늘은 머릿속으로 어떻게든 스케이트를 사달라고 조를 방법을 궁리하느라 기차 운전수 노릇에도 별 홍미가 없었다.

육성회비도 제때에 못 내서 툭하면 자리에서 일어나 고개를 숙이고 망신을 당하는 판에 어떻게 스케이트 얘기를 꺼낸단 말인가. 모르지, 혹시 엄마라도 서울에서 내려오면 한번 이야기를 해볼까? 무슨 새로운 것만 하나 생겨나면 꼭 이렇게 풀이 죽으니 겉으로는 아닌 척해도 속으로는 조금씩 우울해졌다.

썰매에 뚫린 구멍에 꼬챙이를 꽂아 어깨에 걸머 메고 갯둑을 뛰어 내려오다 발이 꼬였다. 내 발뒤꿈치를 내가 걷어차고 앞으로 고꾸라졌다. 썰매는 날아가고 퍽 하고 눈에서 불이 났다. 엎어져 미끄러지다 둑 밑 다랑논 물꼬에 박아놓은 말뚝에 턱을 찧었다. 피가 흐르는 턱을 손바닥으로 받치고 집으로 뛰었다. 나는 아직까지 한번도 병원에 가본 적이 없었다. 뛰어가면서 순간적으로 자전거 뒤에 매달려 병원으로 달려가는 상상을 했다. 병원을 갔다는 것도 하나의 자랑거리가 될 수 있을 것이었다.

아버지는 풀을 쑤어서 창호지에 뚫린 구멍을 덧바르고 있었다. 아버지가 내 손바닥을 치우고 턱을 들어 들여다보았다. 아버지는 내가 놀란 만큼 놀라는 것 같지는 않았다. 누런 포대 종이를 손바닥만 하게 찢더니 풀을 잔뜩 발랐다. 차가운 풀덩이가 턱을 덮어 씌웠다.

"움직이지 말고 방에 누워 있어!"

이제 아픈 생각은 싹 달아나고 읍내 병원을 데리고 가지 않는 아버지가 야속했다. 그러나 풀 처방이 잘 들었는지 며칠이 지나자 상처는 잘 아물었다. 턱을 들어 거울을 보면 일자로 찢어져 아문 상처가 보였다. 그럴 때면 바늘로 꿰맨 자국이 없는 것이 조금 창피한 생각이 들었다.

여름에 무르팍 까지는 일이야 흔한 것이어서 조금 지나면 어디에서 그런 것인지 생각도 나지 않았다. 나는 어느새 양쪽 무릎에 작은 것 두 개와 제법 깊은 상처 하나를 달고 있었다. 갯둑 아까시나무 그늘 아래에서 손톱으로 무릎 상처의 딱쟁이를 살살 긁었다. 고추씨처럼 떨어진 딱쟁이를 개미에게 던져주었다. 개미가 냄새를 맡아보다 그냥 갔다. 개미를 잡아 집게에 강제로 딱쟁이를 물

려주었다. 아까시나무에 붙은 매미가 울었다. 매미들이 일제히 합창을 했다.

엄마가 서울에서 내려오셨다. 그렇게 아프지는 않았지만 나는 절뚝거리며 걸어다녔다. 엄마가 큰 딱쟁이를 눌러 고름을 짰다. 짜증이 날 때는 개울물에 들어가 상처를 불렸다. 그러나 상처가 마를 때는 더 따갑고 가려웠다.

엄마가 불렀다. 어디서 구했는지 바가지에 잔모래를 섞어 개어 놓은 시멘트가 들어 있었다. 엄마는 쪼그리고 앉아서 시멘트를 딱쟁이에 덧발랐다. 가렵던 상처가 시원했다. 자고 일어나니 시멘트가 딱딱하게 굳어서 무릎을 구부릴 수가 없었다.

"애 죽일라 그래요?"

시멘트 독이 오르면 살이 썩는다고 형이 엄마를 나무랐다. 간신히 개울로 들어가 딱쟁이를 오래도록 물에 불렸다. 아까시나무 아래에 앉아 손톱으로 시멘트 딱쟁이를 벗겼다. 매미들이 우라지게 울어 골을 흔들어댔다.

멧새 새끼

'아참! 쌀 가지고 가야지.'

대문을 나서다 얼른 뒷방으로 들어가 쌀을 한주먹 주머니에 넣고 나왔다. 이놈들이 오늘은 얼마나 컸을까?

학교에서 돌아와 반 되들이 막걸리 주전자를 들고 아버지한테 갔다. 슬금슬금 주전자 꼭지를 빨아먹고 뚜껑을 한번 열어보고 막걸리를 확인했다. 반 되들이 주전자는 작아서 양 조절을 잘하고 마셔야지 잘못하면 길 아래 도랑물을 타는 수가 생겼다.

감자골 가는 길 왼편으로는 낮은 구릉 같은 야산이고 오른편으로는 층층이 올라가며 조금씩 작아지는 다랑논이 이어져 있었다. 물이 채워진 논에서 벼들이 한참 푸르게 자라고 바랭이 풀은 논두령을 덮어서 들판은 부드러운 바람과 초록의 물결로 싱그러웠다. 우리 밭은 다랑논이 끝나는 제비골 산자락 밑에 있었다. 좋은 논밭 다 지나고 우리 밭은 맨 끝이었다.

아버지는 따비밭을 일구느라고 바빴다. 지금 있는 밭 옆으로 야트막한 비탈이 있는데 작은 소나무들과 오리나무, 가시나무를 베어내고 억새와 잡풀에 불을 놓고 괭이로 파헤쳤다. 뿌리를 캐내고 잔돌을 주워냈다. 밭으로 가는 좁은 길가의 풀들이 종아리를 스치고, 개암나무 잎사귀가 쑥쑥 자라며 은행처럼 생긴 파란 개암을 매달 준비를 하고 있었다.

저만치 절구 찧는 것처럼 허리를 굽혔다 폈다 하는 아버지가 보였다. 밭머리에 들어서면 부르지도 않았는데 아버지는 먼저 아시고 괭이를 내려놓고 흙 묻은 손을 터셨다. 받쳐놓은 지게 옆에 아버지가 앉고 나도 옆에 앉았다. 아버지는 애들하고 이야기하는 법을 모르는 것인지 아니면 쑥스러운 것인지 막걸리를 내가도 별말씀이 없으셨다. 아버지는 술을 마실 때 술잔 속을 힐끗 들여다보곤 하셨다. 잔 속에 남은 양을 가늠해보며 조금 더 마시고 술을 남겨 나를 주셨다. 이렇게 두 잔을 마시는데 나도 두 번에 걸쳐서 아버지가 잔에 남겨주는 술을 얻어 마셨다. 어떤 때는 조금 많이 남겨주어, 오다가 술을 훔쳐 마신 것이 미안할 때도 있었다.

아버지가 술을 다 마시면 잽싸게 일어나서 새집으로 달려갔다. 따비밭 옆으로 철쭉나무 몇 그루가 있고 옆에 제법 가지가 무성한 보리수나무가 있는데 그 속에 누룩치기 새집이 있었다.

아버지를 도와드린다고 괭이로 골라놓은 돌무더기를 삼태기에 담아서 내다버리다가 입에 벌레를 물고 있는 누룩치기 새를 보았다. 이놈은 나뭇가지에 앉아 꼬랑지를 흔들며 망을 보고 있었다. 나도 꼼짝하지 않고 기다렸다. 보리수나무로 들어가는 것을 보고 살금살금 가보니 알에서 깨어난 빨개둥이 새끼들이 네 마리나 있었다. 그렇게 가느다란 모가지로 어떻게 머리를 들 수 있을까? 소리가 들리자 아직 눈도 뜨지 못한 놈들이 입을 짝짝 벌리는데 얼마나 입이 큰지 몸뚱이가 다 가려지는 것 같았다.

속이 빨갛게 보이는 입속에다 살며시 손가락을 넣어보았다. 이놈은 손가락을 삼키려고 입을 더 크게 벌리고 안으로 밀어넣으려고 머리를 끄떡거렸다. 간지럽기도 하고 짜릿하기도 한 것이, 어린 생명이 전해주는 감촉에 어떻게 설명할 수 없는 느낌이 온몸을 짜릿하게 했다. 그다음부터 밭에 올 때는 주머니에 쌀을 가지고 와서 새끼 입에다 넣어주었다. 새끼들은 마치 기다리기라도 한 것처럼 찍찍거리며 입을 벌렸다. 내가 넣어주는 쌀을 잘 받아먹었다. 이렇게 딱딱한 것을 주어도 괜찮은지 불안하기도 해서 한 마리에 쌀 두 개씩만 먹여주었다.

새끼들은 잘 자라서 이제 목 부분만 제외하고 제법 소복하게 털이 나 있었다. 나는 마치 새들의 어미가 된 것처럼 네 마리 새끼에게 돌아가면서 세 톨씩 쌀을 먹였다. 마음은 더 주고 싶었지만 딱딱한 쌀을 너무 많이 먹으면 새끼들이 배가 아플 것 같은 생각이 들었다. 아버지의 일은 건성으로 도와드리고 자꾸만 새집을 들락거렸다. 아버지가 지게에 연장을 얹었다. 새집을 떼어서 집으로 가져갈까 아니면 새끼들 다리에 실을 묶어놓을까 잠깐 생각하다가 집으로 돌아왔다.

새들이 궁금하고 보고 싶은 생각이 났지만 아버지가 밭일을 쉬기도 하고 형수님이 대신 막걸리 새참을 가져다드리기도 해서 며칠 동안 새집에 가보지 못했다.

일요일날 아버지와 함께 감자골 따비밭에 다시 갔을 때에는 새들은 이미 집에서 뛰쳐나간 뒤였다. 새집에는 새끼들의 몸에서 빠진 솜털과 가느다란 새똥이 떨어져 있었다. 삼태기에 잔돌을 담아 나르다 풀숲을 포르륵거리며 날아다니는 어린 새들은 보면 혹시 내가 쌀을 먹여 키운 새들이 아닐까 생각하고 반가운 마음이 들었다.

풋도토리

월요일 아침, 수업 시작 전이었다. 떠드는 아이들, 숙제를 베끼는 아이들로 정신이 없는데 마음이 불안하고 주눅이 들어서 책상에서 꼼작 않고 엎드려 있었다. 벌써 지난주에 몇 번을 자리에서 일어나 고개를 숙이고 있다가 토요일은 간신히 "월요일에 주신대요" 하고 일단 면했는데 다시 월요일이 되었다.

"야, 너 가져왔어?"

그것도 뭔 벼슬이라고 이 자식은 아침부터 지가 먼저 설쳤다. 분단장 조영민이었다. 키도 쪼그만 것이 가만히 보면 오른쪽 눈이 약간 찢어진 게 사팔뜨기 같았다. 3학년 때부터 같은 반인데 그냥 까불까불하던 놈이 분단장이 되더니 이렇게 티를 내고 솔선수범을 하고 자빠졌다. 마음속으로는 한번 받아버리고 싶은데 이놈은 읍놈이고 또 내가 육성회비를 못내는 바람에 우리 분단이 지난주에 두 번이나 화장실 청소를 했기 때문에 이놈 앞에서까지 고개를 숙이고 얼굴만 벌게져서 아무말도 못하고 있었다.

나는 두겸이를 힐끗 쳐다봤다. 두겸이는 나와 육성회비 못 내는 단짝이었다. 그밖에도 서너 명이 더 있었는데 꾸준하게 육성회비를 밀리는 애는 두겸이와 나였다.

"야, 새끼야. 너 땜에 우리 분단 또 화장실 청소하게 생겼어!"

말은 안 하지만 다른 애들도 짜증이 나는 얼굴이었다.

종이 울리고 담임선생님이 들어왔다. 인사가 끝나자마자 육성회비부터 따졌다. 두겸이와 나는 또 자리에서 일어났다. 뭐라 할 말도 없고 둘러댈 말도 생각나지 않았다. 어서 잔소리를 끝내고 넘어가주기만을 바랐다. 선생님도 이번에는 단단히 화가 났는지 우리를 앞으로 불러냈다.

"너희 둘은 지금 집에 다시 가서 육성회비를 가져오든지 부모님 도장을 받아와!"

두겸이와 둘이서 개미 새끼 한 마리 없는 운동장을 걸어 나왔다. 어디에도 말할 수 없는 슬픔이 목젖을 타고 넘어왔다. 두겸이에게 진한 동지애를 느꼈다. 그애도 나 같은 생각을 했는지 옆에 바짝 붙어서 걸었다. 교문을 막 나서며 교실 건물을 쳐다보는데 다른 쪽 문으로 몇 명의 애들이 천천히 걸어 나왔다. 오늘은 아마

학교에서 무슨 작정을 단단히 한 것 같았다.

교문을 빠져나와 두겁이와 헤어지고 고개를 숙이고 걷는데 누가 툭 쳤다. 내 바로 위 누이였다. 두 살이 많은 누이는 6학년이었다. 우리는 별말 없이 집으로 가는 길을 걸었다. 누이가 불쌍하단 생각이 들었다. 누이는 겁도 많고 정말 착했다. 공책 같은 데에 연필로 만화를 그리는 것을 본 적이 있는데 아주 잘 그렸다. 그림 옆에다가는 항상 시 같은 것이나 짧은 글을 써놓았다.

집에 가봐야 뻔하다는 것을 누이나 나나 잘 알고 있었다.

"엄마는 언제 내려오신대?"

유일한 희망은 서울에서 엄마가 내려오는 것인데 그것도 알 수가 없었다. 결국은 벽시계 속에 든 아버지 도장이나 찍으러 가는 것이었다. 월송리를 지나 큰길로 가지 않고 개울을 따라가는 샛길로 접어들었다. 저만치 엎어놓은 거북이 등 같은 마을이 보였다. 아버지에게 아침에 한 말을 또 한다는 것은 아무 소용없는 짓이었다. 준이네 뽕나무밭 위편으로 야산이 붙어 있었다.

"혼자 갔다 와!"

괜한 심술이 나서 야산으로 올라갔다. 야산에는 군데군데 도토리나무가 있었다. 가을에는 떡메를 들고 이곳으로 도토리를 따러 오곤 했다. 누이는 고개를 숙이고 집으로 갔다. 도토리나무에 주렁주렁 매달린 도토리는 아직 여물지 않은 머리에 만화가가 쓰는 것 같은 모자를 쓰고 있었다. 커다란 돌멩이를 주워 힘껏 내리쳤다. 진물을 빨아먹던 왕탱이가 놀라서 둥그렇게 원을 그리며 웅웅거렸다.

　작은 돌멩이를 나무 위로 힘껏 던졌다. 이파리에 매달린 풋도토리가 하나 떨어졌다. 이빨로 껍데기를 벗겨 오도독 씹었다. 떫고 쓴맛이 입 안에 고였다. 도토리를 뱉어버리고 이빨로 혓바닥을 긁어 침을 뱉었다. 맑고 깨끗한 하늘에 뭉게구름은 여러 가지 희한한 모양을 만들었다 지우며 느리게 흘러갔다. 어디로 가야 할지 몰라 한참을 그렇게 도토리나무 아래 앉아 있었다.

7남매의 막내

이제 6학년이 되었다. 아랫집 일영이 할머니가 나를 보고 쉰둥이라고 부르던 말의 뜻을 이제는 알고 있다. 우리 가족에 대해서 생각해보았다. 나는 7남매 중에서 막내로 태어났다. 할머니 할아버지의 얼굴은 본 적이 없었다. 어머니는 마흔에 나를 낳았다. 하지만 그때 아버지는 이미 쉰 살의 나이였다. 어머니가 열여섯에 시집와서 열여덟에 낳아 뿌리 깊은 가난을 이어받은 집안의 종손으로 태어난 큰형님은 내가 눈 못 뜬 강아지처럼 늙은 어머니의 쪼그라진 젖을 물어뜯을 때 이미 스물세 살의 청년이었다. 눈이 오나 비가 오나 버섯처럼 피어 있던 어머니 머리 위의 행상 보따리 덕분인지 항아리에 아껴둔 고구마 엿 빨아먹듯이 슬금슬금 줄어든 자갈논 두어 마지기 덕분인지 큰형님은 군내에서 유일한 고등학교인 농고를 졸업했다. 당연히 우리 마을에서는 유일해야 했으나 모두가 '봉구네'라 부르는, 언제부터인지 모르는 부잣집 아들과 유이하게 고등학교까지 나왔다.

어머니의 강한 자존심에 부응하게도 큰형님은 야망이 있는 사람이었다. 농사래야 그나마도 줄어 열 마지기 남짓하여 부지런한 아버지 혼자서도 놀이삼아 질 만한데 그때나 지금이나 시골 농사야 서로 품앗이 하는 것이니 굳이 고등학교까지 나온 형님이 거머리에 피 빨리며 자갈논 바닥을 비집고 다닐 일도 없었다. 그렇게 한 일년을 동네 갯둑의 늙은 도토리나무 아래서 등 구부리고 앉아 삘기풀 뜯어 개울가로 흘려보내며 청춘을 고민하던 형님은 죽어도 자식들 공부만은 시켜야 한다는 어머니와 내통을 한 것인지 단독으로 출가를 한 것인지 가방 하나를 챙겨들고 서울행 버스를 탔다.

얼마나 피눈물 나게 주경야독을 했는지 2년이 지난 후에 큰형님은 오랜 유교적 전통이 깊은, 당시로서는 명문이었다는 대학의 법학과 신입생이 되었다. 그것이 가난한 시골 생활 탈출의 시발점이 되었을지는 모르지만 간신히 늙은 어머니의 젖을 떼고 아장거리며 돌아다니던 나에게는 생이별의 시작이었다. 줄줄이 형제자매가 서로를 키우던 시절이었지만 어머니는 내 손목을 두 살 많은 누나와 다섯 살 많은 누나에게 물려주고 큰아들 뒷바라지 삼아 두 집 살림을 시작하였다.

서울에서는 비슷한 또래의 아줌마네 집에서 순대국밥을 나르고 시골에 내려오면 먼지 묻은 보따리를 털어 실, 양말, 고무줄, 이런 것들을 싸서 이 마을 저 마을을 돌아다녔다. 어머니는 그것이 이 세상에 온 목적이기나 한 것처럼 자식들 공부시키는 것에 악착이었다. 그렇게 해서 하나둘 형과 누나들이 서울 단칸방으로 올라가고 지금 이곳에서는 아버지와 농사를 짓는 둘째 형과 형수님, 그리고 두 살 위인 누이와 내가 살고 있는 것이었다. 어머니는 가끔 시골에 내려오시면 너도 중학교에 가면 서울로 데려갈 테니 열심히 공부하라고 말씀하셨다. 그러나 나는 어릴 때부터 어머니와 오래 떨어져 살아서 그런지 "예!" 하고 대답은 잘하지만 어머니가 서울로 가면 금방 잊어버리고 말았다.

나는 아직 중학교 생활이나 더 먼 서울 생활에 대해 어떤 꿈을 갖거나 한번 열심히 해보겠다는 결심 같은 것조차 해본 적이 없었다. 6학년이 되도록 누가 통신표 한번 보자는 사람도 없었고 또 자랑하고 싶을 만큼 좋은 성적을 받은 적도 없었다. 그냥 통신표를 받으면 벽에 걸린 낡은 불알시계 뚜껑을 열어 아버지의 막도장을 찍어 선생님께 갖다주면 그만이었다. 적어도 집 밖의 생활에 대해서는 남보다 일찍 독립성을 보장받은 셈이었다.

그러나 이제는 6학년이 되었다. 비록 아무도 봐주는 이 없는 통신표라 할지라도 20등에서 30등 사이는 하자고 처음으로 혼자서 결심을 해보았다.

내 마음의 풍향계

양담말로 올라가는 모퉁이길 오른편에 우리 동네에 하나뿐인 함석집이 있었다. 고동색 페인트를 칠한 이 함석지붕의 한쪽 끝에는 양철로 국자처럼 오목하게 만든 날개 네 개가 달린 바람개비가 세워져 있었고 다른 쪽 끝에는 새 모양을 만들어놓은 풍향계가 세워져 있었다. 바람이 불면 바람개비는 빙글빙글 돌아가고, 앞은 좁고 뒤를 조금 넓게 만든 풍향계는 삐걱삐걱 소리를 내면서 바람이 불어오는 쪽으로 항상 새 모양의 머리를 돌렸다.

나는 함석집을 지날 때면 지붕에 세워진 풍향계를 쳐다보았다. 이쪽저쪽으로 머리를 돌리는 풍향계를 쳐다보면서 몸을 돌려 바람의 냄새를 맡았다. 풍향계는 바람 앞에서 등을 보일 수 없는 슬픈 운명을 갖고 태어났다.

  똑바로 쳐다보거나 말을 붙이지도 못하지만 몰래몰래 훔쳐보
며 눈길을 뗄 수가 없는 애가 있었다. 그애가 눈에 보이지 않을 때
에는 마음속에 들어와 있었다. 어떻게 한 반인데 한번도 말을 붙
여보지 못했을까 생각할지 모르지만 나는 정말로 그애와 단 한마
디도 해보지 못했다.

  학교에 가면 반에서도 '촌놈들'과 '읍놈들'로 갈라지는데 나는
촌놈이고 그애는 읍에 살았다. 남자들끼리야 더러 섞여서 놀기도
하지만 여자애들과는 좀처럼 어울릴 기회도 없었고 더군다나 읍
에 사는 여자애들은 은근히 촌놈들을 깔보는 것이 있었다.

  우리 학교 뒤로는 남한강이 흘렀다. 이곳에는 아이들 키보다
조금 높은 철망이 있었는데 오래되어서 낡았고 귀퉁이 쪽으로는
개구멍이 몇 개 뚫려 있었다. 여름에는 점심시간에 이 구멍으로
몰래 빠져나가 강에서 칼조개를 잡아 으스대며 자랑하는 애들도
더러 있었다.

  체육 시간이었다. 운동장에는 형들이 모여서 공을 찼다. 자리
를 빼앗긴 우리들은 배구공 몇 개를 가져다 둥그렇게 모여 배구를
했다. 너무나 운이 좋게 그애와 같은 조에서 배구를 하게 되었다.
어쩌다 내게 공이 오면 모르는 척하면서 그애 쪽으로만 공을 돌렸
다. 공을 떨어뜨린 사람이 원 가운데에 들어와 쪼그려 앉기를 할
때는 그애에게 공을 주지 않았다.

가운데에서 공을 맞을까봐 머리를 조아리고 있는 애들 중에 얄미운 놈이 있어서 나는 있는 힘껏 강 스파이크를 쳤다. 맨땅을 두드린 공이 높이 튀어 철망을 넘었다. 공은 내 가슴을 텅텅 튕기며 비탈을 굴러 강물에 달라붙었다. 손가락 총질이 쏠리고 욕설이 들려왔다. 배구공은 흰 오리처럼 둥실둥실 물결을 타고 놀았다. 철망에서 바라보는 강 건너 백사장과 폐허의 풀밭 너머로 우뚝우뚝 솟은 도자기 공장의 굴뚝에는 바람에 쓰러진 연기들이 매달려 길게 꼬리를 늘이고 있었다.

황규애, 그때 그애의 눈빛과 마주쳤다. 따뜻한 그 눈길을 잊을 수 없었다.

의리가 밥 먹여주나

노인은 노인들끼리 늙은 홀아비가 화투장을 뒤집으며 운수 점을 떼는 사랑채에 모여 막걸리 추렴으로 뺑을 치다가 때로는 봉당에 벗어놓은 털신이나 흰 고무신 깜장 고무신처럼 엉켜서 얼굴을 붉히기도 하고, 청년은 청년들끼리 몰려다니며 얼음을 깨고 웅덩이를 퍼서 미꾸라지 붕어를 잡아 매운탕을 끓여먹고 자치기를 했다. 긴 겨울은 그렇게 지나갔다.

양지 바른 마당에 파놓은 자치기 구멍이 지게 작대기처럼 길게 늘어지고 겨우내 응달진 산을 덮은 흰 눈이 조금씩 녹으며 얼룩지는 겨울의 끝 무렵, 집집마다 텃밭이나 담 밑으로 길게 쌓아놓았던 나무가리가 거지반 바닥이 나고 뒷방에 수수깡으로 가리를 해놓은 고구마도 팔뚝을 깊이 넣어야 간신히 꺼냈다. 이쯤엔 갯둑에서 연을 띄우고 논두렁에 짚불을 놓으며 썰매를 타던 아이들의 놀이도 조금은 시들해졌다.

아궁이에 뗄감이 다 떨어져도 애나 어른이나 싸돌아다니기만 한다고 부엌에서 혼잣소리로 짜증을 내는 형수의 목소리가 마당에까지 들려왔다. 세수한 물에 발을 씻던 형이 세숫대야의 물을 수챗구멍으로 휙 뿌렸다.

"아부지, 낼 아침에 낫 좀 갈아줘요. 나무하러 가게!"

괜히 눈치가 보이던 저녁 밥상머리에서 생각지도 않았던 말이 입에서 튀어나왔다. 누구를 불러서 나무를 하러 가야 되나? 어색함을 못 참고 입바른 소리를 한 것을 후회하며 뒤척거리다 잠이 들었다.

우리 집 사정만 그런 것이 아니라서 나무를 하러 갈 애들은 많았다. 형 지게는 말할 것도 없고 아버지 지게도 아직은 커서 등을 잔뜩 구부려야 지겟다리가 땅에 끌리지 않았다. 지게 밑으로 이어진 끈을 용수철을 감듯이 지겟다리에 빙빙 돌려 조금이라도 줄여서 어깨에 바짝 붙였다. 지게 작대기를 탁탁 찍으며 아이들이 모이기로 한 동선마당으로 갔다. 키가 큰 영섭이는 벌써 자기 아버지 지게가 몸에 맞았다. 건화 동생 건영이는 제 형 낫까지 들고 찐 고구마를 먹으며 기다리고 있었다. 가는 길에 동회와 택동이를 불렀다. 키 큰 영섭이가 앞장을 서고 한 줄로 서서 뒷동산 오솔길을 걸어갔다.

"야, 너무 멀리 가지 말자!"

빈 지게 생각만 하고 멀리 갔다가 하도 배가 고파서 돌아오는 길에 지게를 받쳐놓고 집에 가서 밥을 먹고 다시 돌아가서 지고 온 적도 있었다. 모든 집에서 나무를 해 때니 가까운 곳에는 나무 할 곳이 마땅치 않기도 했다. 아이들의 여름 놀이터인 민둥산 반대쪽으로 뻗은 능선은 오리나무 가시나무나 잔 소나무들이 듬성 듬성 있었다. 지게를 받쳐놓고 응달진 비탈을 돌아다니며 나무를 했다. 비탈에는 아직 잔설이 쌓여 있었다. 갈증이 날 때에는 얼다가 녹다가 하면서 먼지와 티끌이 묻은 눈을 긁어내고 속에 있는 눈을 파서 입에 넣고 녹이다가 침을 뱉었다. 서로 붙어서 한 나무의 가지를 치기도 하고 떨어져서 잡목을 베기도 하면서 비탈을 돌아다녔다. 풀과 소나무 잔가지 잡목들을 베어 얼추 한 지게가 되었다. 나무를 잘하는 동희는 벌써 지게 고리를 매고 있었다.

한 아름만 더 하려고 눈 쌓인 덤불에 소복하게 난 억새풀밭으로 갔다. 막 낫을 들어 밑동을 치려다가 놀라 가슴이 쿵쾅거렸다. 소복한 억새풀 더미에 머리를 처박은 꿩을 본 것이었다. 낫날을 하늘로 향하게 해서 꿩을 내리쳤다. 퍽! 하고 얻어맞은 꿩은 꼼짝하지 않았다. 꿩은 이미 죽어 있었다. 동네 청년들이 청산가리를 넣어놓은 콩이나 찔레 열매를 먹고 날아와 죽은 것일 터였다. 야! 꿩이다, 소리를 치려다 얼른 주변을 살폈다. 아무도 본 애들이 없었다.

짧은 순간 이것을 감추어야겠다는 생각이 들었다. 억새풀을 베어서 꿩을 감싸 얼른 지게에 얹고 지게 고리로 나뭇짐을 묶었다. 집으로 가는 걸음이 자꾸만 빨라졌다. 머릿속에 식구들 얼굴이 떠오르고 혹시 꿩이 썩지는 않았을까 걱정이 되었다. 같이 간 아이들에게 미안한 생각이 들기도 했지만 김이 모락모락 나는 꿩탕이 올라온 저녁밥상이 그 생각을 지워버렸다. 숟가락을 달그락거리며 웃고 있는 식구들 얼굴이 떠올랐다.

연애공작소 원두막

아지랑이 가물거리는 들판에는 빼곡한 벼들이 노란 옷으로 갈아입었다. 까슬까슬한 벼이삭에 들어찬 단물이 알곡으로 변해가고 이따금 부는 바람이 실개천 논둑에 서있는 미루나무 잎들을 살랑살랑 흔들었다. 따가운 햇살에 반짝거리는 미루나무 잎들은 콩 튀듯 울어대는 매미를 낮잠 재우려는 듯이 스르르 부채를 부쳐주었다. 통통하게 살이 오른 메뚜기들이 깔끄러운 뒷다리를 튕기며 벼이삭을 옮겨 다니고 논두렁 바랭이 풀에는 풀 빛깔의 방아깨비가 숨어 있다 들켰다.

이맘때면 논두렁 여기저기에서 참새를 쫓느라 깡통 두드리는 소리가 들리고 손재주가 있는 청년은 짚을 엮어 채찍을 만들었다.

채찍은 처음에는 지게 멜빵처럼 굵게 엮어가다가 점점 가늘게 꼬아 나중에는 새끼줄처럼 마무리를 하고 끝에다가 닥나무 껍질을 벗겨서 이으면 완성이었다. 이것을 머리 위로 휘휘 돌리다 반대쪽으로 뿌리치듯이 잡아채면 마치 들판을 가르듯이 짝! 짝! 소리가 났다. 그러면 한순간 놀란 참새들이 이동하는 철새처럼 날아올랐다 다음 논으로 내려앉았다.

참새를 쫓는다고 희용이네 할아버지가 세워놓은 원두막은 아이들의 좋은 놀이방이었다. 꾸벅꾸벅 졸다가 생각난 듯 깡통을 두드리는 할아버지와 교대를 하고 슬슬 아이들이 모였다. 강아지풀을 뽑아 메뚜기를 꿰고 집게손가락만 한 방아깨비를 잡아 까딱까딱 방아를 찧다가 꼬랑지를 짜서 똥을 뽑아내고 메뚜기와 함께 불에 구워 먹었다.

아이들이라고 해서 맨날 모이면 메뚜기나 잡아먹고 남의 밭의 오이만 따먹겠는가. 댓 명은 족히 둘러앉는 고깔 쓴 원두막 바닥에 눕기도 하고 기대기도 하며 수다를 떨기도 하는 것인데 오늘은 윤정이와 윤희 자매 이야기가 벌어졌다.

우리 또래보다 두 살 아래인 귀학이네 집에는 여름방학 때만 되면 서울에서 두 명의 여자애들이 내려와서 한참을 놀다가 갔다. 부모는 데려다만 놓고 가버리고 연년생인 자매만 남아서 방학을 거의 다 보내고 돌아갔다. 벌써 3, 4년을 그렇게 여름방학마다 내려왔지만 우리들 중에 누구도 그애들과 이야기를 하거나 사방치기라도 같이 해본 애들이 없었다. 평상시에는 스스럼없이 드나들던 귀학이네 집도 애들이 내려오면 도리어 가질 못했다. 귀학이 놈도 애들만 내려오면 집안에 처박혀 노느라 밖에도 잘 안 나왔다.

비록 지나치며 힐끗 보거나 귀학이와 함께 참외를 따러 들길을 걸어가는 것을 먼발치에서 안 그런 척하면서 바라볼 뿐이었다. 아이들은 서로 대놓고 말은 안 해도 속으로는 방학만 되면 은근히 그애들을 기다렸다. 조용하고 권태로운 시골 마을에 민소매 원피스에 구두를 신은 서울의 여자애들이 둘씩이나 돌아다니는 것은, 비록 말 한번 붙여보지도 못했지만 잘난 누나나 여동생이 내 집에 온 것처럼 아이들의 마음을 설레게 했다.

이번 여름방학에도 윤정이와 윤희가 내려와 지금 귀학이네 집에 있었다. 그렇지만 도대체 어떻게 말이라도 한번 붙여본단 말인가. 그저 아무 볼일도 없이 귀학이네 집 앞을 올라갔다 내려갔다 하면서 우연히라도 마주쳐서 얼굴이라도 보고 싶은데 그것도 그렇게 쉬운 일이 아니었다.

"야! 윤정이가 이쁘냐, 윤희가 이쁘냐."

심심한 택동이가 뜬금없는 말을 했지만 모든 애들의 귀가 번쩍 뜨였다. 누워 있던 희용이가 벌떡 몸을 일으키며 "야! 윤정인 내 꺼여" 하자 건화가 "그럼, 윤희는 내 꺼!" 하며 얼른 찍어버렸다. 서로 말 한번 못 붙여본 애들끼리 원두막에 앉아서 니 꺼니 내 꺼니 하며 실랑이를 벌였다.

"야, 윤정이, 손 들어봐."

세 명이 손을 들었다.

"윤희는?"

두 명이 손을 들었다. 아이들은 갑자기 편이 갈려 윤정이, 짝짝
짝! 윤희, 짝짝짝! 박수를 치기 시작했다. 영섭이가 원두막에서
바지춤을 내려 논바닥으로 오줌을 깔기며 "오! 윤정이여, 내게로
오라" 웅변을 하며 꼬추를 흔들어 오줌 줄기로 줄넘기를 돌렸다.

갑자기 희용이가 오줌을 누고 있는 영섭이 등을 떠밀어 어! 어!
하던 영섭이가 바지춤을 풀은 채로 논바닥에 처박혔다. 잽싸게 원
두막을 내려간 희용이가 깔깔거리며 뒷걸음질을 치면서 두 팔을
치켜들고 "오! 윤정이여 영섭이한테 가지 말고 내게로 오라" 하다
가 돌에 걸려 뒤로 나자빠졌다. 원두막에선 아이들이 깔깔거리고
누가 새를 쫓는 찌그러진 양은 바께스를 힘차게 두들겼다. 참새들
이 푸르르 날아올라 건너편 머리가 빨간 수수밭으로 사라졌다.

이상한 망아지

엄마가 서울에서 내려오셨다. 엄마가 내려오면 엄마가 없을 때 당한 억울한 일들이 떠올라 눈물부터 났다. 동네에 잔치가 있는 날이면 아이들은 학교에서 돌아오자마자 잔칫집으로 몰려갔다. 마당에서 전을 부치거나 걸어놓은 가마솥에서 연신 국수를 삶아 내고 또 한곳에서 그릇을 쌓아놓고 설거지를 하는 엄마를 발견한 애들은 마치 자기 집 잔치인 것처럼 수시로 들락거리며 떡이나 약과, 색동저고리 같은 옥춘사탕을 손에 들고 다니며 먹었다.

잔칫집에서는 엄마가 있어야 기를 펼 수 있는데 나는 늘 잘해야 동네사람 누구나 먹는 국수나 한 그릇 얻어먹고 기웃거리다 오는 게 전부였다.

아침에 엄마가 누이와 나의 밀린 육성회비를 주었다. 평소에는 친구들하고 가느라고 같이 다니질 않던 누이와 다정하게 학교에 갔다. 집으로 돌아오는 길은 신이 났다. 밀린 육성회비도 냈고 집에 엄마도 있고, 게다가 오늘은 준이네 할머니 환갑잔치도 있었다. 준이네는 동네에서도 잘사는 편이고 집에 경운기도 있었다. 나는 다른 엄마들처럼 마당에서 수건을 쓰고 화덕에 엎어놓은 솥뚜껑에 돼지비계로 기름을 바르며 전을 부치는 엄마를 상상하며 반은 걷고 반은 뛰다시피 집으로 돌아왔다.

장구 소리가 신나게 뚱땅거리는 준이네 집 넓은 마당에는 운동회 때 본부석에 쳐놓는 것 같은 천막이 세 개나 쳐져 있었다. 멍석 위에 차려놓은 교자상에는 먹고 나서 치우지 않은 그릇들이 어지럽게 놓여 있었고 여기저기 둘러앉아서 음식을 먹고 술을 마시는 사람들로 북적거렸다. 마당보다 턱이 높은 봉당이 있고 봉당에서 마루로 올라가서 들어가는 준이네 안방은 아래에서 보면 높게 보였다. 안방문은 활짝 열려 있고 오늘 잔치의 주인공이 준이 할머니라 그런지 여자들이 잔뜩 모여서 장구 소리에 맞춰서 덩실덩실 춤을 추고 있었다.

구경은 나중에 하고 빨리 엄마부터 찾아서 잡채와 돼지고기 좀 얻어먹어야지 생각하고 두리번거렸다. 엄마의 손에 손목이 잡힌 애들은 벌써 국수를 먹으며 주머니에 약과, 떡, 사탕을 쑤셔넣고 있었다.

"용주 왔냐, 일루 와 국수 먹어라!"

아랫집에 사는 일영이 엄마가 일영이에게 줄 국수를 말며 불렀다.

"우리 엄마 못 봤어요?"

"아주머니 방에서 노시잖아!"

장구 소리가 울려 퍼지는 안방 봉당에 서서 빙글빙글 춤을 추는 사람들 속에 있을 엄마를 찾았다. 동네 아주머니들은 흔들흔들 춤을 추기도 하고 두 손을 꺾어들고 운전을 하는 것처럼 빙글빙글 돌리며 문밖을 내다보기도 했다. 어떤 이는 이불을 뒤집어쓰고 허리를 꾸부려 마치 고삐 풀린 망아지처럼 방안을 헤집고 다녔다.

엄마가 보이지 않자 풀이 죽고 목이 메었다. 그런데 방안에는 있지만 춤은 추지 않고 문틀에 기대서 박수만 치며 웃고 있던 희준이 엄마가 기웃거리는 나를 쳐다봤다. 엄마 찾느냐고 묻는 것 같은데 장구 소리 노랫소리에 묻혀 중얼거리는 입술만 보였다. 나는 거의 울먹거리며 고개를 끄떡거렸다. 희준이 엄마는 이불을 쓰고 돌아다니는 이상한 망아지를 손바닥으로 툭툭 쳤다. 그래도 이 성난 망아지는 멈추지를 않았다. 누군가가 망아지의 이불을 홀떡 베꼈다. 머리가 산발이 되고 술에 취해 눈이 허옇게 풀린 엄마가 이불을 다시 뺏어 덮으려고 손을 허우적거리고 있었다.

눈물 젖은 비빔국수

　초등학교 졸업이 얼마 남지 않았다. 어른들의 눈에는 여전히 코흘리개 철부지일지 모르지만 자신의 처지에 대해서 조금은 짐작할 수 있는 나이가 되었다. 우리 집안의 형과 누이들은 초등학교를 졸업하고는 한 해를 묵은 다음 중학교에 진학했다. 줄줄이 터울진 자식들을 제때에 가르칠 수가 없어 한 해씩 숨을 고르는 것이었다. 단발머리를 하고 흰 칼라의 잉크색 교복을 입고 마을로 들어오는 여학생들 틈에 누런 스웨터에 감색 쫄쫄이 바지를 입은 누이를 보기도 했다. 아직 아버지나 형으로부터 확실한 말을 듣지는 못했지만 이제 내 차례가 되었다는 생각이 들었다.

　중학교를 갈 거냐고 묻는 선생님 앞에서 고개를 숙이고 입술만 깨물었다. 오늘은 집에 가서 말을 해야 했다. 이만한 일로 부모님은 학교에 오시지 않았다. 졸업이 얼마 남지 않은 지금까지 어머니나 아버지가 학교에 오신 적이 한번도 없었다. 나도 눈치를 알아 학교에서 일어나는 일은 무엇이건 혼자서 버틸 수 있는 데까지 버티다 마지막에 가서야 이야기를 했다.

입학식 날도 콧수건을 왼쪽 가슴에 달고 두 살 많은 누이를 따라 학교에 갔다. 학교에 가기 전에 누이들이 장난삼아 외치는 구호에 따라 '차려' '열중 쉬어' 연습을 했는데 마이크를 잡은 선생님이 갑자기 '앞으로 나란히' 했다. 얼른 아이들을 따라 했지만 그 짧은 순간의 당혹감은 졸업을 앞둔 지금까지도 마음에 남아 있었다.

오늘따라 혼자서 집으로 오게 되었다. 월송리를 지나 개울을 건너가는 좁은 길로 접어들었다. 개울의 양쪽으로 유리같이 투명한 얼음 밑으로 성에꽃이 피어 있었다. 발뒤꿈치로 얼음장을 구르면 구멍이 뚫리고 하얗게 부서지는 얼음 밑으로 개울물이 흐르는 게 보였다. 목장을 하려고 나무를 베어놓은 야산에 잔설이 얼룩져 있고 벼를 베어낸 그루터기들이 빽곡한 논바닥이 쓸쓸했다.

먼저 간 아이들이 꽝꽝 얼어붙은 '지도웅덩이'에서 솔방울로 빙구를 하고 있었다. 학교와 동네의 중간쯤에 있는 이 웅덩이는 아이들 배꼽 정도의 깊이로 파여 있었다. 여름에는 물이 차서 멱을 감기도 하고 겨울에는 얼음판 위에서 종종 놀다가 집으로 돌아갔는데, 웅덩이 모양이 우리나라 지도처럼 생겨서 지도웅덩이라고 불렀다. 같이 놀고 싶은 기분은 아니었지만 그렇다고 혼자 갈 수도 없었다. 웅덩이 옆에 짚불을 놓고 손바닥을 쪼이며 구경을 했다. 같은 반인 동희와 옆 반인 정수가 깔깔거리며 얼음판을 뛰어다녔다. 빡빡머리를 하고 검정 교복을 입은 그애들을 잠깐 상상했다. 집으로 빨리 가고 싶기도 하고 집으로 가는 것이 두렵기도 했다.

아버지와 누이, 형과 형수가 비빔국수가 놓인 저녁상에 둘러앉았다. 언제 말을 꺼내야 될지 몰라 고개를 숙이고 비빔국수를 먹고 있었다. 말도 못 꺼내고 국수 한 그릇을 다 먹을 것 같아 조금 남은 국수에 고추장 한 숟갈을 듬뿍 떠넣어 비볐다. 맞은편에 앉은 형이 국수를 덜어 내 그릇에 얹어주었다. 이때다 싶어서 "저어, 선생님이 중학교 가는지 내일까지 알아 오래요!" 벼르던 말을 뱉었다. 밥상 위에 침묵이 흐르고 젓가락 소리만 들렸다. 젓가락을 내려놓으며 형이 입을 열었다.

"네 선생님이 그러는데 너는 중학교 갈 실력이 안 된다는데!"

아버지는 헛기침을 하며 입맛을 다셨다. 누이가 슬픈 눈빛으로 쳐다봤다. 형수는 물을 뜨러 가는지 밥상에서 일어섰다. 고개를 들지 못하고 꾸역꾸역 떠넣는 내 비빔국수 그릇에 소리 없는 눈물이 뚝뚝 떨어졌다.

졸업

　책가방 없이 빈손으로 학교에 가는 것이 조금 허전했다. 교문 앞에는 꽃다발을 팔기 위해 나온 사람들과 꽃다발을 사들고 기웃 거리는 학부형들이 서성이고 있었다. 농부의 옷을 벗고 두루마기를 입은 노인들이 보이고 얼굴에만 뽀얗게 분칠을 해서 목덜미가 더 새까맣게 드러난 아가씨들도 보였다. 가난하고 피곤한 것을 하루쯤은 감추어보려고 차려입은 옷들이 사람들의 얼굴을 어색하고 더 초라하게 만들었다. 어쩌면 이들 사이에 어머니 아버지가 없는 것이 마음 편한지도 몰랐다.

　졸업장을 담는 통을 하나 사서 옆구리에 끼고 바지 주머니에 손을 찔러 넣었다. 강당에서는 졸업식 축가를 연습하는 밴드부의 음악 소리가 들려왔다. 철봉대 아래에서 몇몇의 아이들과 만나고 헤어지며 졸업식을 기다렸다. 빨리 들어가서 몇 번의 박수를 치고 하얀 종이 한 장을 받아 나오면 그만이었다.

졸업생들 틈에 앉아 있는데도 들러리로 온 기분이었다. 어째서 이런 날 연설을 하는 사람들은 애나 어른이나 질질 짜는 투로 말을 하는지 마음에 들지 않았다. 부지런히 더 배우고 얼른 자라서 이 나라의 큰 일꾼이 되겠다고 노래를 불렀지만 이제 졸업을 하면 거름 리어카나 끌고 소꼴이나 베러 다닐 판이었다. 강당 문을 나서자 먼저 나온 후배들이 양옆으로 늘어서서 열렬히 박수를 쳐주었다.

운동장 여기저기서 사진도 찍고 자장면 집으로 몰려가기도 하는 사람들 사이를 지나 교문을 빠져나와 담임선생님 댁으로 향했다. 연두색 페인트칠을 한 철문을 살짝 밀고 들어갔다. 선생님 집은 조금 낡은 기와집이고 마당은 시멘트로 발라놓았다. 문을 열고 들어가면 왼편에 조그만 화단이 있고 토끼장이 나란히 있었다.

여름 방학이 끝나고 개학을 하던 날, 선생님은 집에 토끼 두 쌍을 구해놓았는데 풀을 뜯어다주고 싶은 사람은 그렇게 해도 좋다고 말씀하셨다. 나는 학교로 오가는 길에 심심풀이로 몇 번 풀을 뜯어다 토끼장에 넣어주었다. 그 일로 조회시간에 불려 일어나 쑥스러운 칭찬을 들은 뒤로는 토끼풀 당번처럼 되었다. 졸업을 며칠 앞두고 선생님은 학생들 앞에서 그동안 열심히 토끼풀을 뜯어다준 나에게 토끼 한 쌍을 졸업 선물로 주겠다고 말했다. 아이들이 일제히 박수를 쳤다. 뭐 다른 걸 잘한 것도 아니고 토끼풀이나 열심히 뜯어다주고 박수를 받는다는 것이 부끄러워 얼굴이 빨개졌다.

층층이 잇대어진 토끼장을 바라보았다. 처음 풀을 뜯어다 준 토끼들은 벌써 늙은 티가 나고 새끼들도 자라 어미가 되어 있었다. 오물오물거리며 철망 안에서 쳐다보고 있는 토끼들을 보자 졸업식장에서는 느끼지 못했던 허전함이 밀려왔다. 빨간 눈동자를 반짝이며 아직 털에 때가 묻지 않은 새끼 한 쌍을 종이 상자에 담았다.

"잘 있거라, 토끼들아. 오늘은 내 졸업식이다!"

드디어 희용이가 전축을 켰다. 프라우드메리 킵언러닝 헤이투나잇 모리나 물레방
아인생……. 힐끗힐끗 서로를 쳐다보기도 하고 눈을 감기도 하면서 생전 처음으
로 리듬에 맞춰 몸을 흔들었다. 자신의 몸을 이리저리 흔들어서 어떤 흥분이나 즐
거움을 느낀다는 것이 어색하기도 하고 이상한 기분이 들었지만 여자애들과 한 방
에 있다는 것이 마음을 들뜨게 하고 알 수 없는 흥분에 빠지게 했다.

제2부 서울 물 좀 먹어보자

지포라이터와 지게

열세 살 된 애가 학교를 다니지 않는다면 무엇을 하며 하루를 보내야 하는가? 혼자서 밭을 매러 다닐 수도 없고 논에 나가 피사리를 할 수도 없었다. 밥을 먹고 나면 아버지나 형의 눈치를 살피며 오늘은 누구를 따라 일을 갈 것인지 기다렸다. 아버지가 고구마를 심는다면 밭고랑에 파놓은 구덩이에 고구마 싹을 하나씩 놓는 일을 하고 형이 리어카를 끌고 나무를 하러 가면 갈 때는 빈 리어카를 앞에서 끌고 돌아올 때는 뒤에서 밀어주었다. 형이나 아버지가 각자의 일을 하면 혼자 알아서 시간을 보냈다.

같이 졸업을 한 친구들은 모두 중학교에 진학을 했지만 두 살 위쪽으로는 초등학교 졸업으로 공부를 끝낸 형들이 여럿 있었다.

그중에서 내가 제일 따르는 사람은 규철이 형이었다.

규철이 형은 내가 초등학교 2학년 때 6학년이었다. 그때는 형이 우리들의 대장이었다. 형은 얼굴도 잘생겼고 공도 잘 차서 학교의 축구부에 있었다. 어떤 때는 수업이 끝나면 운동장에서 7번을 단 유니폼을 입고 공을 차는 형을 한참 보다가 돌아오기도 했다. 그러나 6학년 때 형에게 이해할 수 없는 일이 일어났다.

평소에 술을 좋아하시던 형네 아버지가 어느 날 갑자기 돌아가셨다. 그러나 더 충격적인 일은 아버지의 장례식 날 형의 어머니가 또 돌아가신 것이었다. 그때 삼베로 만든 옷을 입고 두건을 쓰고 울던 형의 모습은 잊을 수가 없다. 그 후로 형네 가족들은 타지로 이사를 가고 형은 초등학교를 졸업하고 동네 이장집에서 살았다. 우리들이 학교에 갈 때 형은 리어카에 거름을 실어 나르고 지게를 지고 나무를 하러 다녔다. 그것이 머슴살이라는 것을 알고 나서는 규철이 형이 불쌍한 생각이 들었다.

규철이 형이 지게를 지고 나무를 하러 가면 나도 얼른 집으로 가서 아버지의 지게를 지고 나왔다. 형은 지게 작대기로 장단을 맞추며 〈오동잎〉이라는 노래를 잘 불렀다. 형을 따라다니며 나도 형처럼 노래를 불렀다. 우리는 마른 풀에 서리가 하얗게 내린 들길을 따라 〈오동잎〉을 합창하며 나무를 하러 다녔다.

나무를 하다 잠시 쉬는 참에 형은 주머니에서 지포라이터를 꺼내 엄지손가락으로 탁 튕기며 뚜껑을 열었다. 그리고 새마을 담배에 불을 붙여 깊게 들이마시고 코로 연기를 내뿜었다.

형이 담배 한 개비를 내밀었다. 내가 그것을 입으로 가져가자 형은 손가락을 튕겨 지포라이터를 켰다. 천천히 담배를 빨며 나도 이대로 어른이 되어가는 것인가, 슬픈 생각이 들었다. 형의 지포라이터를 만지작거리며 빈 불을 켰다 껐다. 지포라이터를 하나 갖고 싶었다.

생솔가지 나무를 지고 낑낑거리며 쫓아오는 나를 위해서 형은 자주 지게를 받치고 쉬어주었다. 형과 헤어지고 지게 작대기로 문을 밀치고 들어가는데 지게에 얹힌 생솔가지가 드르륵 양철대문을 긁는 소리가 났다. 마당을 쓸던 아버지가 "이리 와봐라!" 하며 벽에 기대놓은 지게를 하나 가지고 왔다. 대패로 다듬은 나무가 하얗고 깨끗했다. 지게 멜빵도 새로 엮어 단 내 전용 지게였다. 초등학교를 졸업하고 집에서 받은 첫 선물이었다.

병국이 이야기

밤나무와 참나무 가지를 엮어서 막아놓은 우리 집 뒤꼍 울타리 너머로 병국이네 행랑채가 보였다. 이 행랑채에 붙어 있는 대문이 열려 있을 때에는 마당을 돌아다니는 병국이네 식구들도 보였다. 우리 집은 뒤꼍에 우물이 있어서 별일 없이도 병국이네 안마당을 자주 들여다보게 되었다.

병국이 할아버지가 김이 펄펄 나는 쇠죽을 들고 외양간으로 갈 때에는 허리가 얼마나 휘었는지 쇠죽 통에 얼굴이 닿을 지경이었다. 아침에 세수를 하려고 나왔다가 병국이 사촌 누이 정란이가 학교에 가려고 세수를 하고 있는 것을 보기도 했다. 어느 날 오후에는 중학생 정란이가 펌프가 있는 수돗가 수챗구멍 앞에서 바지를 내리고 오줌을 누는 것을 본 적도 있었다.

병국이는 엄마가 없었다. 돌아가신 것인지 집을 나간 것인지 알 수가 없었다. 어른들이 병국이 엄마에 대해서 말하는 것을 들은 적도 없었다. 병국이 밑으로 남동생 문국이가 있었는데 아직 학교에 다니지 않았다. 문국이는 항상 코를 흘리고 다녔다. 찐 고구마를 손에 들고 아랫입술로 코를 빨아먹으며 자기 형만 졸졸 따라다녔다. 병국이도 처음 보는 사람은 좀 모자란 아이라고 생각할 정도로 말이 없었고 다른 아이들과 잘 어울리질 않으니 어린 동생과 둘이 놀고 있을 때가 많았다.

병국이는 큰집에 얹혀 살았다. 대문이 달린 행랑채에 붙은 문간방에는 병국이 아버지가 있었는데 나는 아직까지 병국이 아버지를 한번도 본 적이 없었다. 병국이 아버지는 미쳤다고 했다. 하루 종일 방안에서 나오지 않았다. 병국이 할아버지가 밥을 넣어줄 때 말고는 하루 종일 방문이 열리지 않았다. 병국이 아버지는 사람을 무서워해서 깜깜한 밤중에만 몰래 방문을 열고 나와서 바깥마당에 있는 재래식 화장실에 갔다 온다고 했다. 뒤꼍 울타리 너머에 바로 병국이 아버지가 밤에 왔다 간다는 화장실이 있었는데 대낮에도 그 화장실을 보면 우중충하고 무서운 생각이 들었다.

아이들은 병국이네 집 앞을 지나갈 때에는 후다닥 뛰어갔다. 우물가에서 매일 쳐다보는 행랑채 문간방에 미친 사람이 하루 종일 들어앉아 있다는 생각을 하면 무섭고 괴상한 상상이 떠올랐지만 도대체 어떤 모습일지 그려지지 않았다.

학교에서 돌아오니 집에 아무도 없었다. 맨드라미처럼 고요한 오후였다. 뒤꼍 우물에 두레박을 넣어 물을 길어 올리고 있었다. 그때 미친 병국이 아버지를 처음 보았다. 빼꼿 열린 병국이네 행랑채 문으로 머리가 쑤욱 나오더니 두리번거렸다. 머리털은 재로 비벼놓은 것처럼 푸석하게 위로 뻗쳐 있었다. 그러고는 살며시 몸을 빼서 바깥마당을 가로질러 우리 울타리 옆에 있는 화장실로 가는데 몸에는 아무것도 걸치지 않고 군용담요만 둘러쓰고 있었다. 담요 밖으로 나온 얼굴과 바짝 마른 다리가 한번도 햇빛을 보지 못한 것처럼 눈부셨다. 병국이 아버지는 사막을 걸어가는 타조처럼 소리 없이 경중경중 걸어 화장실로 들어갔다.

나는 숨이 멎을 것 같았다. 그 후로 문을 열 수 없는 벽창이 뚫린 병국이네 행랑채 문간방을 볼 때마다 그 안에 있는 병국이 아버지가 화장실로 걸어가던 모습이 너무나 선명하게 떠올라 오싹하면서도 무엇인가 말할 수 없는 고요함과 아뜩함이 병국이 얼굴과 겹쳐졌다. 말 없고 풀죽어 보이는 병국이가 불쌍하게 느껴지고 잘해주고 싶은 마음이 들었다. "병국이 어디 가냐?" 물으면 그는 그냥 픽 웃으며 저쪽으로 손가락을 가리키고 지나갔다. 동생 문국이는 바짝 마른 아이가 점점 배가 볼록하게 튀어나왔다. 나이를 더 먹었는데도 학교에 가지 않았다. 그리고 여전히 코에서는 콧물이 마르지 않았다.

서리가 하얗게 내린 가을이었다. 뒤꼍 대추나무 잎이 물들어 우물에 떨어졌다. 울타리 너머 병국이네 행랑채 마당에 흩어진 지푸라기에도 서리가 묻었다. 허리가 꼬부라진 병국이 할아버지가 지게를 마당에 바치고 문 안으로 들어가더니 담요에 싸고 그 위에 거적을 둘둘 말은 것을 간신히 안고 나와 지게에 얹었다. 할아버지는 사람들이 다니기 전에 지게를 지고 개울다리를 건너 앞산으로 갔다. 병국이가 삽을 들고 따라가며 소리 없이 눈물을 훔치고 있었다.

형이 사 온 책상

초등학교를 졸업하고 일년을 집에서 쉬는 동안 어린 농부처럼 생활했다. 아랫집 일영이 할머니를 따라가 콩 터는 일을 돕기도 하고 리어카에 거름을 실어 논 옆에 있는 퇴비가리에 옮기기도 했다. 이제 소꼴을 베기 위해 낫을 간다든지 장마철에 논에 가서 물꼬를 보는 일은 혼자서도 할 수 있게 되었다. 학교에서 공부를 하는 대신 어른들의 모내기나 타작마당을 따라다니며 음담패설 하는 청년들의 농지거리를 듣고 동네의 누구네 집 속 이야기 같은 것들을 주워들었다.

나는 조금은 애늙은이가 된 것 같았다. 소꼴을 베다가 노란 단추가 달린 교복에 중학생 모자를 쓰고 집으로 돌아오는 친구들과 마주치면 애써 명랑한 척을 했지만 마음속으로는 말할 수 없는 수치심과 가족에 대한 서운함이 밀려왔다. 겉으로는 명랑하지만 속으로 상처받은 자의식은 나를 조금씩 냉소적인 아이로 만들어갔다.

그렇게 일년이 가고 중학교에 입학을 했다. 한 해를 묵어 학교에 간다는 것이 어색하고 후배들과 같은 학년이 된 것이 부끄럽기도 했지만 아무튼 학교에 다니지 않는 것보다는 낫다는 생각이 들었다. 읍내에 하나뿐인 중학교는 여러 곳의 아이들이 모여서 내 사정을 모르는 아이들이 더 많았다. 자연스럽게 어울려 새 친구들을 사귀고 이미 선배가 된 동창들은 그들대로 친구로 지내며 중학교 생활을 시작했다.

우리 동네에서는 성수와 준이가 같은 학년이 되었다. 성수와 준이는 읍내 초등학교에서 갈려나와 동네 앞에 새로 생긴 분교의 1회 졸업생이었다. 비록 분교라고는 하지만 성수와 준이는 학생회장과 부회장을 했다. 그런데 학교에서 첫 시험을 보고 이상한 일이 생겼다. 나보다 공부를 잘하는 그애들보다 내가 더 나은 등수를 한 것이었다. 그 일은 동네 입구에서 구멍가게를 하는 성수 엄마의 입을 통해 좁은 동네에 금방 퍼졌다.

장에 나간 형이 저녁이 다 되어서 커다란 짐자전거를 끌고 마당으로 들어섰다. 입에서는 얼큰하게 막걸리 냄새가 퍼졌다. 자전거의 짐칸에는 커다란 고동색 베니어 책상이 엎어져 묶여 있었다.

"너, 4등 했다며?"

통명스럽게 말하면서도 조금 흐뭇해하는 표정이 보여서 나도 기분이 좋았지만 왠지 어색하고 쑥스러웠다. 책상을 방으로 들여놓고 걸레질을 하면서 공부를 잘해봐야겠다는 결심이 생겼다. 식구들이 보는 앞에서는 쑥스러워 책상에 앉지도 못하고 한밤중에 슬며시 일어나 책상에 앉아보았다. 책상 서랍을 여니 고리에 묶인 열쇠 두 개가 있었다. 나 혼자만의 무엇을 넣을 수 있는 서랍이 생겼다는 것에 마음이 설레었다. 아직 아무것도 넣지 않은 빈 서랍을 잠가놓았다.

자리에 누웠지만 잠이 오지 않았다. 지난 일년 동안의 여러 가지 일들이 떠올랐다. 비빔국수를 먹으며 눈물을 떨구었던 일이 생각났다. 그동안 얼마나 형을 무서워하고 미워했던가. 형에게 미안했다. 모질고 냉정하게 대하는 것 같은 형의 마음속에도 아픔이 있다는 것을 알게 되었다.

산비둘기

중학교는 읍내에서 조금 벗어난 산 위에 자리 잡고 있었다. 위쪽으로는 농업고등학교가 붙어 있었고, 산등성 군데군데에는 원예나 잠업과 학생들이 실습을 하는 밭이 있었다. 걸어서 길을 다니는 사람들은 개울 둑길을 가든 산길을 가든 지름길을 만들었다. 능선의 줄기를 따라서 산길을 걸으면 학교로 가는 지름길이었다. 일반 사람들은 거의 다니지 않고 걸어서 통학하는 학생들만 주로 다니는 이 오솔길은 어떤 때에는 무서운 느낌이 들기도 했지만, 땡볕에 우는 뻐꾸기 소리나 매미 소리를 들으며 걷다보면 그런 생각은 금세 사라지고 고요하고 평화로운 마음이 들었다. 이따금씩 구구 울어대거나 한가로이 앉아 있다 푸드득 날아가는 산비둘기를 보면, 구부러진 소나무를 쳐다보며 심심풀이로 산비둘기 집을 찾아보기도 했다.

집으로 돌아오는 길에 건성으로 쳐다보던 소나무에서 산비둘기 집을 보았다. 그리 높지 않은 소나무의 우듬지에서 뻗은 가지에 삭정이로 얽어놓은 산비둘기 집이 있었다. 혹 알이 있을까 나무 위로 올라가보니 솜털이 다 빠지고 쳐나갈 때가 거의 다 된 새끼 두 마리가 입을 짝짝 벌리고 있었다. 아직은 혼자서 날 수 없는 새끼 한 마리를 손으로 오므려 잡으니 따뜻한 체온이 느껴지고 두근거리는 심장의 떨림이 손바닥에 전해졌다. 양손에 한 마리씩을 살며시 움켜쥐고 나무를 내려왔다.

집으로 돌아와 빈 토끼장 하나를 깨끗하게 치우고 작은 나뭇가지를 걸어서 횃대도 만들었다. 광에서 사기접시 두 개를 가져와 물과 콩을 담아서 넣었다. 비둘기를 새집에 넣어놓고는 콩이 너무 딱딱할 것 같아서 콩 한 그릇을 물에 담가 불려놓았다. 아버지는 그까짓 게 살겠냐고 말했지만 나는 몇 번이고 들락거리며 물은 먹나 콩은 쪼아 먹나 확인하느라고 새장 앞을 떠나지 못했다. 어두워질 때가 되어서야 불린 콩으로 먹이를 갈아주고 제발 오늘 밤만 살아주기를 바랐다.

아침에 눈을 뜨자마자 새장으로 달려갔다. 비둘기가 살아 있었다. 어린 비둘기 새끼들이 너무나 고맙고 대견했다. 새장에서 꺼내 불린 콩을 두 알씩 강제로 먹여주고 물을 갈아주고 나니 학교로 가는 발걸음이 가벼웠다. 새끼를 꺼내온 산비둘기 집을 지나갈 때에는 혹시 어미가 있지 않을까 쳐다보았지만 빈 둥지만 고요하게 소나무 가지에 얹혀 있었다. 학교에서도 문득문득 비둘기 새끼들이 생각이 났고 빨리 집으로 가서 보고 싶었다. 토끼를 처음 기를 때도 그랬지만 이렇게 무엇을 내 손으로 직접 기른다는 것은 항상 설레고 즐거웠다. 내 보살핌을 받아야 하는 것들은 나에게 책임감을 갖게 해주었다.

비둘기들은 죽지 않고 잘 자랐다. 스스로 콩을 쪼아 먹어 빈 접시가 남은 것을 보았을 때의 기쁨은 말할 수가 없었다. 한 달이 지나고 두 달이 지나갔다. 이제 비둘기들은 다 커버렸다. 가끔씩 좁은 새장 안에서 날개를 푸드덕거릴 때는 불쌍한 생각이 들었다. 비둘기 한 마리의 눈에 조그만 부스럼 같은 것이 생기더니 점점 커졌다.

비둘기를 풀어주기로 마음먹고 아침에 새장 문을 열어놓고 학교에 갔다. 비둘기는 멀리 날아가지 않고 뒤꼍에 있는 대추나무에 앉아 있었다. 너무나 반가워서 혹시나 하고 구구 불러보았다. 그러나 비둘기는 내게 날아오지 않았다. 몇 날을 대추나무와 새장을 오락가락하더니 어느 날 대추나무 가지에 비둘기가 보이지 않았다. 비둘기는 먼 곳으로 날아갔고 빈 새장을 볼 때마다 나는 한동안 마음이 허전했다. 혹시나 하는 마음에 뒤꼍의 대추나무를 자꾸만 쳐다보게 되었다.

가죽 구두

　때로는 전혀 생각해보지도 않았던 물건을 선물받고 감격하기
도 했다. 중학교 1학년인 나에게 구두가 생긴 것이었다.

　시골에서 구두는 그렇게 흔한 물건이 아니었다. 노인들이나 집
에서 살림을 하는 여자들은 아예 구두가 없었고 또 구두를 신을
일도 없었다. 청년들도 결혼할 무렵에나 가서야 어떻게 한 켤레
장만했는데 장에 갈 때에도 아까워서 신지 못하고 선반 위에 고이
모셔두었다. 그들이 구두를 신는 때는 결국 친구들의 결혼식 때뿐
이었다. 개미 발에 워커라는 말처럼 군대에서 휴가를 나온 형들이
벗어놓은 군화를 신고 어기적거리며 마당을 돌아다닌 것이 누구
에게나 구두를 신어본 최초의 경험일 것이다.

그러나 이제는 초등학교를 마치고 객지로 떠난 동네 형들이 명절 때면 아직 한번도 약칠을 하지 않은 반짝이는 구두를 신고 오는 것을 보기도 했다.

시골에 내려오신 어머니의 보따리 속에 구두 한 켤레가 들어 있었다. 한눈에 새것이 아니라는 것을 알았지만 마음이 들떴다. 구두는 끈을 매는 검정색 단화였는데 가죽이 복사뼈를 살짝 덮는 높이였다. 비록 새것은 아니지만 가죽이 부드러웠고 약칠을 자주 한 것처럼 광택이 났다. 두꺼운 양말을 껴 신으면 약간 헐렁한 정도라 신는 데는 문제가 없었다. 기분이 좋아진 나는 몇 번이나 구두를 신었다 벗으며 발등을 내려다보았다. 그러고는 마루에 걸린 선반에 얹어놓으려고 구두를 집어들고 밑바닥을 들여다보는 순간 철렁하고 서글픔이 밀려왔다. 정신이 없어서 미처 보지 못한 구두 밑창은 반들반들하게 닳아 있었는데 양쪽 바닥에 똑같이 동전크기만 한 구멍이 뚫려 있었던 것이다.

신어보지도 못하고 선반 위에만 놓여 있던 구두를 아버지가 장에 가서 고쳐왔다. 그런데 그것이 내 마음을 더 우울하고 아프게 했다. 구두에는 오므린 애기 손바닥만 하게 오려진 고무밑창이 덧대져 있었다. 매끄럽게 닳아진 바닥에 빗금이 선명한 새 고무밑창이 동그랗게 붙은 것이 신어보기도 전에 마음에 부끄러움을 주었다. 그래도 그것을 가지고 온 엄마의 마음을 헤아려보면, 장까지 가서 잘 때워가지고 온 것을 신지 않는다고 고집을 부릴 수도 없었다.

눈이 하얗게 내린 날 구두를 신고 학교에 갔다. 내가 찍고 온 발자국마다 동그랗게 오려붙인 새 덧창의 빗살무늬가 선명하게 찍히며 따라왔다. 그것은 내 가슴에 찍히는 가난한 가족에 대한 사랑과 연대의 낙인이었다.

형의 마음을 받다

서울에서 고등학교를 졸업한 셋째 형이 시골에 내려왔다. 형은 얼마 안 있으면 군대에 간다고 했다. 올해 고등학교를 졸업했지만 내 눈에 비친 형은 청년의 모습이었다. 셋째 형은 시골에서 중학교를 졸업하고 서울에 있는 고등학교에 갔다. 나와 함께 사는 둘째 형은 유독 바로 밑에 동생인 셋째 형을 좋아했다. 초등학생 때부터 워낙 공부를 잘한 형은 우리 집안의 모든 형제들이 거치는, 일년 쉬고 상급 학교로 진학하는 과정이 없이 곧바로 중학교와 고등학교에 다녔다.

형이 서울로 올라가고 윗방의 낡은 장롱 서랍에 있던 형의 중학교 성적표를 보고 어린 마음에 놀라움을 넘어서 형에 대한 존경

심까지 갖게 되었다. 형의 성적표에는 중학교 3년 동안 단 한번도 2등이라는 표시가 없었다. 남들은 한 장만 받아와도 액자에 넣어 벽에 걸어두는 상장, 나는 이제껏 단 한 장도 받아본 적이 없는 상장이 너무 흔해서 장롱 서랍에 뒹굴고 있었다. 백일장에서 받아온 상장도 많았고 심지어는 교내 '풀베기 대회'에서 1등을 하고 받아온 것도 있었다. 마치 형의 사전에는 2등이란 없는 것처럼 느껴졌다.

그런 셋째 형이 대학 입학에 실패하고 군대를 간다고 시골집에 내려왔다. 동네 갯둑을 산책하거나 어릴 때 놀던 뒷동산이나 감자골 밭으로 가는 길을 혼자서 돌아보고 오는 형의 모습은 쓸쓸해 보였다. 형이 대학에 떨어지자 시골에 있는 둘째 형이 술에 취해서 누구에게랄 것도 없이 한탄 섞인 말을 했다.

"야! 저 삼박골에 사는 친구놈은 이번에 동생이 어디 대학에 입학했다고 동네 잔치를 하더라. 그까짓 삼류대학은 우리 동생 같으면 눈감고도 들어간다. 짜식들아."

불행하게도 우리 집은 마음 놓고 재수를 할 형편이 못 되었다. 형제들이 줄줄이 고등학교나 중학교에 다녔고 나같이 별 볼일 없는 막내도 똑똑한 형의 앞을 막는 장애물이 되고 있었다.

학교에 가려고 가방을 챙기는데 셋째 형이 어깨에 손을 얹었다.

"형 오늘 올라간다! 공부 열심히 하고 미래에 대한 꿈을 가져라. 학교에 갔다 오면 맨 아래 책상 서랍 한번 열어봐라."

나는 울컥 하면서 형에게 미안한 마음이 들었다. 학교에서 돌아오니 형은 정말 서울로 올라가고 없었다. 고작 며칠을 같이 있었지만 형이 떠나니 허전하고 무언가 쓸쓸했다. 책상 서랍을 열어보았다. 연습장 종이로 동그랗게 말아놓은 것이 있었다. 종이를 찢어보니 누런 10원짜리 동전 열 개가 있었다. 기쁨보다는 어떻게 말할 수없는 허탈감이 밀려왔다. 갯둑에서 등을 구부리고 먼 들판을 바라보던 형의 모습이 떠올랐다.

이제 중학생이 된 나에게 백 원은 그리 큰돈이 아니었다. 친구들과 동네 앞산에 있는 골프장 비탈을 돌아다니며 골프공을 주워 다놓으면 가끔 떠돌아다니는 장사꾼이 하나에 50원씩을 주고 사갔다. 그러나 이것은 골프공을 판 것과는 다른 돈이었다. 형도 집에서 서울 가는 여비를 받기 전에는 나에게 무엇을 줄 수가 없던 것이었다. 그러니까 학교에 갔다 오면 서랍을 열어보라고 말했을 것이다. 얼마 되지 않는 차비를 받으면 동생에게 주려고 책상 서랍을 열어보라고 말한 형의 마음을 생각했다. 나에게 그것밖에는 줄 수 없는 허전한 주머니로 서울로 가는 버스를 탔을 형을 생각하니 목이 메었다.

껌은 사랑의 표시

마을 어귀 정자가 있는 갯둑에 늘어선 아까시나무들이 주렁주렁 꽃을 매달고 향기를 뿜어냈다. 앞산으로 기우는 해가 토해놓은 붉은 물감이 질척한 논에서 파랗게 자리잡은 벼 포기 사이로 찰랑이는 논물에 반사되었다. 둘둘 말아 올린 바지 아래로 드러난 정강이에 진흙을 묻히고 소꼴을 지고 돌아오는 아버지들이 놀던 아이들을 송아지처럼 몰고 집으로 돌아가는 저녁이었다.

댑싸리 빗자루로 마당을 쓸고 내친 김에 집 앞으로 난 길을 쓸고 있는데 희자와 정란이가 무어라 지껄이며 웃으면서 내려왔다. 비질을 멈추고 허리를 펴 쳐다보니 쭈뼛쭈뼛 웃으며 이브껌 하나를 건네주고 쑥스러운 듯 뛰어 내려갔다. 은박지를 싼 껍질을 벗기니 화투장만 한 종이가 작게 접혀 끼워져 있었다.

"껌은 사랑의 표시!"

저만치 도망가서 내 쪽을 보던 희자와 정란이가 웃으며 손을 흔들고 정란이네 집 골목으로 쏙 숨어버렸다.

희자와 정란이는 단짝이었다. 학교를 갈 때나 동네에서 고무줄을 하거나 삔치기를 할 때도 둘은 항상 붙어 있었다. 그렇게 생각하고 보니 정말 그애들은 이웃집에 살면서 아주 어릴 때부터 마치 쌍둥이처럼 함께 다닌 것 같다. 한 동네에 살면서 아무런 생각 없이 오랫동안 보아오던 애들이 갑자기 새롭게 보이고 둘을 떼어놓고 각자에 대해서 생각해보게 되었다.

그애들의 말투라든지 웃는 모습이라든지 누가 더 살결이 까맣고 하얀지에 대해서도 생각했다. 단발머리를 하고 흰 칼라를 단 잉크색 교복을 입고 나란히 학교로 가는 모습을 보면 이제는 예전처럼 스스럼없이 다가가 말을 붙이거나 나란히 서서 같이 갈 수가 없었다. 마치 남학교와 여학교로 갈라진 것이 이제부터 어린 시절의 동무에서 남자와 여자의 길로 접어드는 것 같은 생각이 들었다. 장난을 친다거나 농담을 한다고 해서 그것을 받아주지 않거나 무안을 당하지는 않겠지만 무언지 모를 어색함이 남자와 여자로 아이들을 구분 짓기 시작했다.

개구리 우는 봄밤의 책상머리에서 괜한 일기를 끼적거리고 주지도 않을 편지를 희자에게 썼다 구겨버리고 정란에게 썼다 지워버렸다. 나에게 무엇이 찾아오는 것일까. 설렘과 호기심으로 뒤척

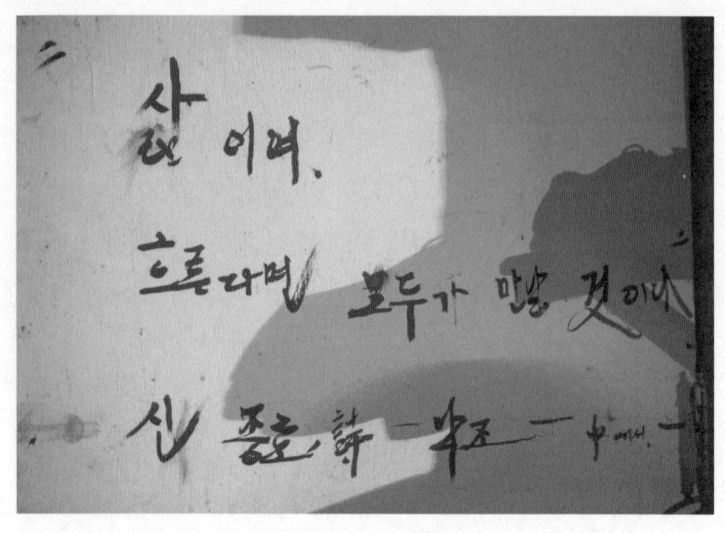

이는 봄밤이 깊어갔다. 그런데 둘이서 전해준 그 껌은 누구의 마음이었을까?

여강원 아이들

    산속에 자리잡은 중학교는 석조 건물 한 동과 그 후에 새로 지은 시멘트 건물이 하나 있었다. 완만한 산비탈의 경사면을 이용하여 건물을 지었기 때문에 학교에는 여기저기 돌계단이 있었다. 석조 건물 뒤편으로 폭이 넓지 않은 돌계단이 오솔길처럼 산꼭대기로 이어져 있었는데 그곳에 올라가면 멀리 휘어져 흘러가는 남한강이 내려다보이고 강변을 따라 빼곡하게 모여 있는 읍내의 전경이 한눈에 들어왔다. 왼편으로 눈을 돌리면 해마다 봄 소풍을 가던 왕릉으로 가는 길이 보이고 구부러진 길이 숨어버리는 산자락에 시골 분교 같기도 하고 오래된 교회 같기도 한 회색 건물이 보이는데 그곳이 바로 여강원이었다.

지금도 그런 생각이 완전히 없어진 것은 아니지만, 초등학교 때에 여강원 아이들은 다가가기 힘든 거리낌과 두려움의 대상이었다. 그들이 어디에 사는지도 모르고 어떻게 사는지도 몰랐지만 막연하게 고아들이라는 것은 알고 있었다. 어린 아이가 부모가 없다는 것이 불쌍하다는 생각보다는 무섭다는 생각이 더 드는 것은 그들의 행동 때문이기도 했다. 그들은 항상 몰려다녔다. 아무리 힘없고 작은 아이라도 함부로 건드릴 수 없었다.

초등학교 6학년 때 왼쪽 눈이 약간 사팔뜨기이고 키가 작은 아이가 있었는데 그 아이에게 심하게 욕을 먹고 여럿 앞에서 창피를 당한 적이 있었다. 내가 충분히 이길 수 있는데도 어떻게 하지 못하고 수모를 당한 것이 내 마음에 깊은 수치심을 주었다. 읍내에는 여강원이라는 간판을 단 이발소가 있는데 나는 가고 싶지 않았지만 아버지는 늘 그곳으로 나를 데리고 가서 머리를 깎아주었다. 그곳은 여강원 출신의 고아들이 이발 기술을 배우기 위해 다른 곳보다 싼 값으로 머리를 깎아주었다.

이제 중학생이 되어서 저 멀리 그늘진 산자락의 버려진 예배당 같은 건물에 모여 사는 부모 없는 아이들의 집을 바라보고 있으니 그들에 대한 연민과 이해해주고 싶은 마음이 생겨났다. 그러나 그 아이들은 지금도 초등학교 시절과 별로 다르지 않게 행동했다.

우리 반에도 여강원에 사는 친구가 한 명 있었다. 학년은 같지만 나이는 두 살이 많았다. 그러나 상열이는 다른 친구들과 많이 달랐다. 그는 전교에서 1, 2등을 다툴 정도로 공부를 잘했다. 친구들과 싸우는 여강원 애들을 도리어 상열이가 혼내주는 것을 보기도 했다. 그는 스스로 커가며 자기 자신을 발전시켜 나가는 아이였다. 반듯한 행동과 잘생긴 외모도 그를 더욱 다른 여강원 아이들과 구분 짓게 만들었다.

그와 좋은 친구가 되고 싶었다. 그런데 그는 다른 이들에게 마음을 열지 않았다. 쉬는 시간에도 혼자서 공부를 하거나 같은 여강원 아이들과 어울려 놀았다. 그는 자기가 속한 집단에 강한 소속감을 보이는 것으로 도리어 평범한 가정의 학생들에게 복수하는 것인지도 몰랐다. 설령 그렇다 할지라도 나는 마음속으로 그에 대해서 좋은 감정을 품고 있었다. 자기를 통제하고 열심히 노력하면서 환경을 극복해나가는 상열이가 멋진 남자로 보였다. 상열이 한 사람으로 인해 나는 여강원 전체의 아이들을 다시 생각하게 되었다.

두 명의 소장수

"야, 개울께서 쌈 났대!"

자전거를 타고 가면서 담 너머로 정수가 소리를 질렀다. 구멍가게 앞에는 벌써 사람들이 제법 모여서 웅성거렸다. 그런데 아무도 말리지를 못하고 둘러서서 구경만 했다. 헐떡거리며 달려가보니 두 사람이 한데 엉켜 막 벼이삭이 영그는 논바닥으로 처박히고 있었다.

그런데 논으로 처박혔으면 깔고 앉아 치고받고 해야 할 텐데 두 사람은 다시 길바닥으로 올라와 씨름을 하듯 서로의 바지춤을 잡고 힘 겨루기를 했다. 그러다가 다시 논으로 처박히면 올라와서 또 엉켜서 씨름을 했다. 틀림없는 싸움은 싸움인데 참으로 이상한 싸움이었다. 한참을 그렇게 싸우던 두 사람은 서로 화해를 하고 다시 구멍가게 평상에서 마시던 술을 마저 마시고 어깨동무를 하고 비틀거리며 마을로 들어왔다.

정길이 아저씨와 석재 아저씨는 보기 드문 거인이었다. 늘 카키색 두툼한 군용 파카를 걸치고 건빵주머니가 달린 얼룩덜룩한 바지를 입고 다니는 두 아저씨가 마을로 들어오면 길이 좁아 보였고 무슨 일이 없어도 웬지 든든한 마음이 들었다. 평소에도 두 아저씨는 나란히 마을을 나서서 읍내로 갔다. 두 사람은 같이 시골 마을을 돌아다니면서 마음에 드는 소를 사고 그것을 우(牛)시장이 열리는 날 되팔아서 돈을 번다고 했다. 동네 아저씨들이 모를 심거나 벼 타작을 할 때에도 두 사람은 나란히 마을을 나서서 소를 사러 돌아다녔다.

나도 읍내의 우시장터에 한번 가본 적이 있었다. 송아지를 한 마리 사서 열심히 기르던 아버지가 이제 코뚜레를 하고 제법 중소가 된 우리 누렁이를 읍내 장으로 팔러 가는 이른 아침. 누렁이도 무언가 눈치를 채고 외양간에서 뻗대고 나오지 않으려는 것을 아버지는 고삐를 잡아끌고 형은 뒤로 돌아가 엉덩이를 치면서 마당으로 겨우 끌어냈다. 자꾸 버티는 누렁이의 고삐를 세게 잡아당겨서 누렁이 입이 벌어지고 코뚜레가 끼어있는 콧구멍이 찢어질 듯이 위로 당겨져 있는 것을 보니 괜히 눈물이 날 것 같았다.

형은 무슨 볼 일이 있는지 집을 나가서 나는 이른 아침부터 아버지를 따라 우시장에 갔다. 아직 다른 장이 서기도 전인 이른 시간인데도 우시장에는 촘촘히 박힌 말뚝마다 크고 작은 소들이 매여 있고 많은 사람들이 부석한 얼굴로 이리저리 다니며 웅성거리고 있었다. 더러는 움메움메 우는 소들도 있고 제 발밑에 똥을 싸거나 오줌을 갈기는 소들도 있었다. 소 주인들은 톱날처럼 파인 쇠빗을 가지고 그 사이에도 엉덩이에 붙은 쇠똥딱지를 긁어내고 털을 고르며 자기 소를 조금 더 좋게 보이려 하고 있었다.

집에서 누렁이를 볼 때보다 이렇게 많은 소들 가운데서 말뚝에 매여 있는 누렁이의 커다란 눈망울을 보니 더욱 애처롭고 불쌍해서, 제발 오늘 우리 소가 팔리지 않기를 바라는 마음이 간절했다.

그때 저쪽에서 카키색 군용 파카에 건빵바지를 입은 우리 동네 석재 아저씨가 아버지에게 "오셨어요!" 인사를 하면서 다가왔다. 아저씨의 왼팔에는 재봉틀로 번호를 새겨넣은 흰 완장이 채워져 있었다. 아저씨를 보니 친척이라도 보는 것처럼 반갑기도 하고 마음이 든든했지만 이제 소가 팔리겠구나 하는 생각이 들어 기가 죽었다.

아저씨는 마치 어린애가 강아지 다루듯이 누렁이의 입을 벌려 이빨을 쳐다보고 소등에 손을 얹고 엉덩이를 철썩 때려보기도 하면서 소가 좋기는 한데 오늘 장에 소가 많이 나와서 값이 어떨지 모르겠다고 말했다. "자네만 믿네!" 하면서 아버지는 입맛을 다셨다. 잠시 기다리라고 하면서 이리저리 우시장을 누비고 다니는 석재 아저씨를 보고 있는데 이번에는 정길이 아저씨가 와서 아버지에게 인사를 하며 소를 한번 둘러보고 갔다. 우리 동네 두 명의 소장수 아저씨들이 다른 소장수들보다 키도 크고 힘이 세어 보여서 은근히 자랑스러운 마음이 들었다.

여기저기서 두꺼운 돈뭉치를 꺼내서 손바닥에 탁탁 치며 소 값을 흥정하는 것을 볼 때에는 나도 이다음에 소장수를 할까 하는 생각이 들기도 했다. 돌아서도 맨 사람들 천지인데도 아버지는 굳이 돌아서서 침을 발라가며 소 판 돈을 세어 때 절은 손수건에 싸서 품안에 넣고는 툭툭 가슴을 한번 쳐보였다. 그날 처음 아버지를 따라가서 순대국밥을 먹고, 한입 베어 물면 누런 설탕물이 찐득하게 흐르는 호떡을 맛보았다.

그 후로 정길이 아저씨와 석재 아저씨가 마을로 들어오면 전보다는 살갑게 인사를 하게 되었다. 그러나 마음속에는 정길이 아저씨보다 우리 소를 팔아주었던 석재 아저씨가 조금 더 친근하게 느껴졌다.

축구 시합

우리 반에는 초등학교 때 축구 선수를 한 아이들이 있었다. 근식이도 그중에 한 명인데 공을 다루는 솜씨가 개울가 모래톱에서 동네 축구를 하던 우리들보다는 한 수 위였다. 근식이네 동네는 왕릉의 서쪽인 능서라는 면소재지에 있는 작은 마을이었다. 근식이는 능서초등학교에서 축구 선수를 했다.

체육 시간에 운동장에서 축구공 하나를 놓고 우르르 몰려다니는 것으로는 성이 차지 않은 우리들은 근식이의 제안으로 일요일에 그 아이의 동네인 능서초등학교에서 축구 시합을 하기로 했다. 여섯 동네의 아이들이 신청을 했다. 참가비는 2천 원이고 우승팀은 트로피와 축구공, 준우승팀은 트로피와 배구공으로 상품도 정했다.

우리 반에서 일어난 일인데 나 혼자 덜컥 참가를 신청하고 나서 큰일을 저지른 것처럼 불안한 마음이 들기 시작했다. 우리 동네에서는 중학생을 모두 합해야 일곱 명밖에 되지 않았던 것이다. 얼른 옆 반 성수를 찾아가서 이 일을 이야기하니 축구를 좋아하는 그도 기분 좋게 찬성을 했고 어떻게 열한 명을 채울 것인지를 상의했다.

성수와 나는 윗마을의 영준이를 찾아가 단일팀을 제안했다. 비록 선수는 아니었지만 축구라면 누구에게도 뒤지지 않는 영준이였다. 이렇게 해서 우리는 연라리와 단일팀을 이뤄 축구 시합을 하러 가기로 결정했다.

일요일 아침, 영준이네 동네 아이들 다섯 명이 자전거 세 대에 나눠 타고 우리가 기다리는 마을 앞 큰 다리께로 왔다. 평소에는 그저 통학하는 방향이 같은 다른 동네의 아이들로만 여겨지던 연라리 친구들이 오늘은 오랜 우정을 쌓아온 두 마을의 대표들처럼 친근하고 든든하게 느껴졌다.

우리는 서로 웃고 떠들며 또 승부욕에 불타기도 하면서 처음 가보는 먼 마을로 소풍이나 가듯 들뜬 마음으로 축구 시합 원정을 갔다. 울퉁불퉁한 비포장 길을 요리조리 피해 가고 자전거 바퀴에 잔돌을 튕기며 씩씩하게 페달을 밟았다. 이 낯선 길은 동네를 벗어나보지 못한 우리들에게 세상 밖으로 한 걸음 나아가는 듯한 호기심과 설렘을 주었다. 어떤 마을을 지날 때에는 입구에 수호신처

럼 버티고 있는 당산나무를 보았고 또 다른 마을을 지날 때는 가
지치기를 끝낸 복숭아나무들이 끝없이 이어진 과수원을 보기도
했다.

초등학교 운동장에는 벌써 와서 몸을 풀며 뛰어다니는 아이들도
있었고 양쪽의 골대를 하나씩 차지하고 슈팅 연습을 하는 아이들
도 있었다. 운동장과 이어진 계단식 꽃밭 위로는 2층으로 된 조그
만 학교 건물이 있고 뒤편으로는 야트막한 야산이 펼쳐져 있었다.

운동장에는 축구 시합을 하러 온 아이들뿐만이 아니라 동네 꼬
마들이 무슨 잔치가 벌어진 것처럼 신이 나서 뛰어다니고 개들도
덩달아 쫓아다녔다. 교단 옆에는 운동회 때나 하는 광목 천막까지
쳐놓았다. 이곳만 해도 읍내에서 가까운 우리 동네보다 더 촌이라
서 아이들의 놀이에도 무슨 볼거리처럼 기웃기웃거리는 노인들
과 청년들이 있었다. 이런 분위기에 휩싸여 개울가에서 동네 축구
나 하던 우리들도 괜히 으쓱거려지며 마치 대표 선수라도 된 것처
럼 몸을 풀고 무게를 잡았다. 아무튼 근식이가 이 초등학교에서
학생회장을 했다더니 그것이 거짓말 같지는 않았다.

동네 청년의 호루라기 소리에 맞춰 몇 게임의 시합을 치르고
보니 역시 읍내 초등학교 선수 출신들이 대거 끼어 있는 애들이
가장 센 팀 같았다. 건성으로 아침밥을 먹고 나온 터라 한두 경기
를 하고 나니 지치고 허기졌다.

그런데 그때 모두가 감격할 일이 벌어졌다. 근식이네 동네 아
주머니들이 비빔국수를 해서 머리에 이고 운동장으로 들어서고

있었다. 그렇게 맛있는 비빔국수는 처음 먹어보았다. 국수 양푼을 들고 이리저리 다니며 더 먹으라고 권하는 근식이를 보면서 같은 반 친구로서 진한 우정을 새롭게 느꼈다.

모든 경기가 끝나고 승패를 따져 우리는 2등을 하고 트로피와 배구공을 탔다. 어느덧 해가 뉘엿해지고 산자락 아래 펼쳐진 논에도 산그늘이 지고 있었다. 마을 어귀까지 나와 손을 흔드는 근식이와 동네 꼬마들, 아주머니들에게 우리도 손을 흔들었다. 큰길로 접어들면서 다시 한번 뒤돌아본 근식이네 마을 갯둑을 따라 활짝 핀 노란 산수유꽃이 노을빛을 받고 있었다.

첫 여선생님

"자! 다음은……."

운동장에 도열한 모든 학생들의 눈이 단상에 서있는 여선생님
에게 쏠렸다. 그 선생님은 키가 작았다. 교복을 입지 않은 여학생
같았다. 이번에 새로 부임한 네 명의 선생님 중에 유일한 여선생
님이었다. 멀리서 보는 희미한 윤곽만으로도 여선생님은 충분히
예뻤다. 나는 그녀가 음악 선생님이 아니길 바랐다. 그리고 제발
수학선생님이 아니길 바랐다. 다행히 그녀는 영어를 가르쳤다. 그
렇다고 내가 영어를 잘한다는 것이 아니라 두 자리 이상 가는 나
눗셈이나 분수 따위의 기호만 나와도 짜증부터 나는 수학보다는
희망이 있었다는 얘기다.

정수선, 그 선생님을 매일 교실의 교탁에서 볼 수 있는 행운이 우리 반 아이들에게 찾아왔다. 그녀가 2학년 1반의 담임이 된 것이었다. 초등학교 6년과 중학교 2년 동안에 처음으로 나는 여선생님을 담임으로 맞는 것이었다. 가까이서 보는 선생님은 더 예쁘고 얼굴이 희고 깨끗했다. 사범학교를 졸업하고 처음으로 선생의 길로 들어선 것이라 했다. 이것이 나에게 즐거움이 될지 수치와 절망의 날들이 될지는 알 수 없었지만 아무튼 선생님 못지않은 새 결심을 나도 했다.

학교장의 발상인지 정부의 발상인지 모든 학생들은 '일일일선(一日一善)'이라는 일기를 썼다. 눈을 뜨면 매일 한 가지씩 좋은 일을 하라는 것인데 말이 쉽지 어떻게 매일 좋은 일을 하며 살 수가 있겠는가. 일기 검사를 하는 날 아침이면 책상머리에 앉아 착하다고 칭찬받을 만한 일이 무엇인가 생각하느라 골머리를 썩였다. 어떤 놈은 그런 일기장을 베껴 쓰는 짓도 했다.

그런데 그 골칫거리가 내게 행운을 주는 일이 일어났다. 월요일 운동장에서 애국조회를 시작하기 전에 일주일치나 밀린 일기장을 두 줄 세 줄씩 순식간에 써서 제출했는데 선생님이 불렀다. 그 일기를 단상에 나가서 발표하라는 것이었다. 비도 오지 않은 날 장대비를 맞으며 들판으로 나가서 몸이 아픈 아버지를 대신해서 논의 물꼬를 보고 왔다는 거짓말을 전교생 앞에서 하고 나는 우레와 같은 박수와 함께 공책 다섯 권을 받았다. 나는 생전 앓아누운 아버지를 보지 못했다. 그러나 아버지는 내 선행 일기장 속에서 종종 앓아누웠다.

싱긋 웃어주던 선생님의 그 하얀 이와 초승달처럼 휘어지던 눈매가 잠을 이룰 수 없게 했다. 잠든 아버지 머리맡에서 새마을 담배를 한 개비 빼서 뒤꼍 우물가로 갔다. 이슬이 촉촉하게 묻은 포근한 봄밤의 공기가 몸을 감쌌다. 얼크러진 대추나무 가지 사이로 옅은 구름이 광채가 없는 반달을 밀고 물결처럼 흘러갔다. 잔돌이 풀썩 떨어진 풀밭에서 벌레 울음이 뚝 그쳤다. 나는 지금 등을 구부려 깍지 긴 무릎에 얼굴을 대고 웅크리는 법을 혼자서 배우고 있다. 이제 내 마음의 집에는 두 사람이 살게 된 것이다.

오늘은 누구보다 빨리 학교에 가야 했다. 혼자서 산길로 접어드는 걸음이 점점 빨라졌다. 두 개의 봉분이 나란한 무덤가에 아침 햇살이 퍼지기 시작했다. 모래알이 바스락거리는 오솔길 풀밭에 이슬이 마르고 있었다. 함초롬히 핀 연분홍 진달래꽃 무더기에서 파란 물이 묻어나는 가지를 꺾었다. 한 다발의 진달래꽃을 들고 아무도 없는 운동장을 뛰어 교실로 들어갔다. 고요한 교실에 쿵쿵 뛰는 내 심장 소리가 울리는 것 같았다. 교탁 밑에 놓인 빈 꽃병을 올려놓고 꽃을 꽂았다. 수줍게 웃는 선생님의 얼굴이 떠올랐다.

유리창 밖으로 보이는 운동장에 등교하는 아이들이 보이기 시작했다. 나는 갑자기 얼굴이 빨개졌다. 교탁으로 가서 꽃병에 꽂은 꽃을 뽑아들고 계단을 뛰어 내려갔다. 어디다 버릴 수도 없는 꽃을 들고 헤매다 축대 밑으로 이어진 배수로에 던져버렸다. 천천히 계단을 올라 교실에 들어가자 몇 명의 아이들이 벌써 와 있었다.

고고춤이나 춥시다

우리 동네에는 아직 텔레비전이 있는 집이 없었다. 아이들은 밖에서 놀다 라디오 연속극 〈밀림의 왕자 모글리〉를 듣기 위해 쏜 살같이 집으로 달려갔다. 어른들은 〈전설 따라 삼천리〉를 듣기 위해 건전지를 고무줄로 묶어놓은 작은 트랜지스터 라디오에 귀를 기울이다 스르르 코를 골며 잠에 빠졌다. 지직거리며 잡음이 나는 라디오를 이리저리 옮겨가며 방향을 잡고 저녁을 먹은 식구들이 방바닥에 엎드리거나 벽에 기대어 귀를 기울이다가 연속극이 끝나면 그나마도 약 닳는다고 꺼버렸다.

태국, 인도네시아, 말레이시아, 미얀마 등 아시아 국가들이 다 모이는 우리나라 대통령컵 국제 축구 대회가 있을 때에는 동네 형이 운전하는 경운기를 타고 읍내에 있는 만화 가게에 가서 10원씩 내고 단체로 보고 왔다.

박치기의 김일이나 당수의 천규덕이 레슬링을 할 때에도 경운기를 타고 읍으로 갔다. 타이거 마스크를 쓴 일본 선수가 빤스 속에다 병따개를 숨기고 주심 몰래 슬쩍 꺼내서 김일 선수의 머리를 찍어서 피가 흐르면 안타깝고 분한 마음에 눈물이 날 지경이었다. 멍청한 주심은 그것도 보지 못하고 수건으로 피를 닦고 다시 시합을 진행시켰다.

드디어 비틀거리던 김일 선수가 정신을 차리고 타이거 마스크의 머리에 박치기를 시작하고 휘청거리는 타이거마스크의 머리채를 끌어당겨 가면을 벗겨버릴 때에는 벅차오르는 감동을 주체하지 못하고 단체로 박수를 쳤다. 종복이 형은 그럴 때 꼭 "저거, 다 쑈여, 쑈!" 하고 김빠지는 소리를 해서 미움을 샀다.

희용이네 집에 휴대용 전축이 생겼다. 서울에서 공장 생활을 하던 큰형이 몸을 다쳐서 집으로 내려오며 가지고 온 것이었다. 평소에는 뚜껑을 닫고 얇은 가방처럼 들고 다닐 수가 있는 이 전축을 열고 까만 판 위에 바늘을 얹으면 판이 빙글빙글 돌아가며 음악이 흘러나왔다.

희용이네 형 친구들은 저녁을 먹고 자주 희용이네 집에 모여서 이 전축을 틀어놓고 춤을 추었다. 집에서 형들과 어울려 놀던 희용이는 아이들 앞에서 "이게, 고고춤이여!" 하면서 몸을 흔들며

시범을 보이기도 했다. 희용이도 팝송을 듣긴 했어도 가사는 외울 수가 없어서 "키퍼~언 러닝"하다가 "디리 쏘주나 마시고 고고 춤이나 춥시다!" 이런 식으로 아이들 앞에서 몸을 흔들었다.

　용호 형 결혼식 날이었다. 결혼식 날 저녁에는 피로연이 있었는데 갖가지 음식을 차린 교자상을 죽 잇대어놓고 신랑 신부의 친구들이 둘러앉아서 젓가락을 두드리며 노래도 부르고 신랑 신부 키스도 시키며 장난도 치고 또 하나씩 준비해온 선물을 주며 놀았다. 애들이고 어른이고 문 밖에 늘어서서 구경을 하는데 이 틈을 이용해 오늘은 우리들도 마음이 설레는 행사를 벌이기로 했다. 희용이가 집에서 전축을 가져오고 우리 또래 남자애들과 여자애들이 짝을 맞추어서 고고파티를 하기로 한 것이다. 초등학교 동창인 재선이와 애순이가 여자들을 책임지고 불러오기로 하고 남자들은 잔칫집에서 음식과 술을 훔쳐오기로 했다.
　못된 짓을 할 때에는 어른들의 눈을 피하고 싶은 것이 아이들의 마음이다. 동네에서 제법 떨어진 산자락에 정기 아저씨네 복숭아 과수원이 있었다. 그곳에 흙집이 한 채 있었는데 복숭아를 따는 철 말고는 비어 있었다. 같은 동네에 살기는 하지만 여자애들이 올 수 있을까 은근히 불안했는데 문을 삐죽이 밀면서 여자애들이 모였다. 거기에는 '껌은 사랑의 표시'라는 쪽지를 주었던 희자와 정란이도 있었다. 쑥스럽기도 하고 설레기도 한 마음을 어떻게 할 수가 없어서 자꾸만 막걸리 잔을 홀짝거렸다.

오늘 우리들의 작전 중 하나는 여자애들도 술을 잔뜩 먹여보자는 꿍꿍이가 있었는데 희용이가 나서서 한 잔씩 따라주며 안 먹으면 벌칙으로 혼자서 춤을 추어야 한다며 반 강제로 술을 먹이고 있었다. 웃고 떠들고 농담을 하면서 조금씩 간도 커져갔다.

드디어 희용이가 전축을 켰다. 프라우드메리 킵언러닝 헤이투나잇 모리나 물레방아인생……. 힐끗힐끗 서로를 쳐다보기도 하고 눈을 감기도 하면서 생전 처음으로 리듬에 맞춰 몸을 흔들었다. 자신의 몸을 이리저리 흔들어서 어떤 흥분이나 즐거움을 느낀다는 것이 어색하기도 하고 이상한 기분이 들었지만 여자애들과 한 방에 있다는 것이 마음을 들뜨게 하고 알 수 없는 흥분에 빠지게 했다.

오줌을 누려고 밖으로 나왔다. 넓게 펼쳐진 논과 논 위에 깜깜한 어둠이 잠겨 있고 산자락은 어둠보다 어두운 그림자로 희미한 윤곽을 그리고 있었다. 밤하늘에 총총한 별들이 박수를 치듯이 빛났다. 마을에서 멀리 떨어진 복숭아 과수원 흙집 창으로 불빛이 새어나오고 어떻게 하는 것인지는 모르지만 마음에 무엇인가를 발산해야 하는 어린 우리의 친구들이 몸을 흔들고 있었다.

잠자는 나무들의 잎과 푸르게 뿌리박는 논의 벼 포기와 막 피어오르는 야생 꽃들의 입술을 스치고 온 5월의 밤바람이 부드럽게 얼굴을 감싸주었다. 언제 나왔는지 성수가 옆에서 오줌을 누며 씽끗 웃었다. 마치 우리가 벌써 다 커서 이런 짓도 한다는 듯한 웃음이었다. 성수가 막걸리를 마신 오줌을 제법 길게 누며 물었다.

"너, 누구 찍었냐?"

순간 방안에 있는 여자애들의 얼굴이 떠올랐다. 희자, 정란이, 애순이, 재선이, 희순이, 미애……. 언젠가는 아련하게 생각날 이름들이었다. 오늘 같은 날은 누구하고라도 첫 키스를 하고 싶었다. 우리는 다시 방으로 들어갔다.

집 떠나는 굴뚝새

　부르릉 부르릉 버스에 시동이 걸리자 운전석 옆 미니 의자에
앉아 있던 고속버스 안내양이 일어났다. 안내양은 화사하게 웃으
면서 마이크를 잡았다.
　"오늘도 저희 동부고속…… 목적지 서울까지……!"
　예쁜 안내양의 얼굴만 쳐다보고 있던 나는 '서울'이라는 말을
듣고는 마음이 설레기도 하고 한순간 머릿속에 여러 가지 그림들
이 스쳐가는 것을 느꼈다.

　나는 서울에 한번도 가보지 못했다. 농고를 졸업하고 서울에
있는 대학에 간 큰형님이 처음에 얻은 단칸 셋방에서부터 우리 집

안의 서울 생활이 시작되었다. 대학을 졸업한 큰형님은 결혼을 하고 미국으로 가시고 그 자리를 이어 형과 누나들이 하나둘씩 서울로 전학을 갔다. 농사지을 땅도 없는 자식들을 어떻게든 공부라도 시켜야 한다는 어머니의 집념이 이제 막내인 나까지 서울행 고속버스에 몸을 신게 한 것이었다.

중학교 2학년 5월 26일. 갯둑에 늘어선 늙은 아까시아나무들이 달콤한 꽃향기를 풀어놓고 물이 찰랑이는 텃논에서 줄을 넘겨가며 모내기를 하던 마을 사람들이 진흙 묻은 손을 흔들어주었다. 어디를 가도 여러분을 잊지 않겠다는 인사말에 박수를 쳐주던 반 친구들. 바라보는 것만으로 설레고 가슴 두근거리던 예쁜 담임선생님은 손을 잡고 환하게 웃으며 열심히 공부하라고 했다. 내 섭섭하고 아린 가슴을 알지 못하고 그저 환하게 웃는 선생님이 야속했다. 개울에서 송사리처럼 몰려다니던 성수 정수 영섭이 희용이, 형 몰래 들고 나온 미니 전축을 틀어놓고 무덤가 잔디밭에서 고고춤을 추던 여자애들……. 초등학교를 졸업하고 아버지가 만들어준 나무 지게 생각이 났다.

차창을 가려놓은 커튼을 젖히고 유리창 거울을 보았다. 작고 까만 얼굴 하나가 나를 쳐다보았다. 흔들리며 따라오는 유리창 거울속의 나를 한참 동안 쳐다보았다. 작은 굴뚝새를 본 적이 있었다. 먼 들판을 날아다니지 않고 작은 몸을 포르륵거리며 저녁 연기가 올라오는 굴뚝 처마 밑으로 스며들던 어린 새. 그 굴뚝새 한 마리가 지금 한번도 가보지 못한 먼 세상을 향해 제 보금자리를 떠나고 있는 것이다.

부뚜막의 연탄 냄새

성북역에서 출발하는 경춘선 열차가 지나가는 철길 아래쪽으로 마당도 없는 단독주택들이 기다랗게 늘어서 있는 서울의 변두리에다 어머니는 이미 방 두 개를 얻었다. 두 개의 방문 가운데에 연탄불 구덩이가 있었는데 그곳이 어머니의 부엌이었다.

두부장수의 방울 소리가 들렸다. 미닫이 방문을 열면 마루도 없이 내려다보이는 부뚜막에서 어머니는 도마에다 마늘을 찧고 있었다. 별 모양으로 구부려놓은 받침대 위 양은냄비에서 두부 된장찌개가 끓었다. 초등학교에 다니기 전부터 떨어져 살아온 어머니와 서울 생활 첫날의 저녁밥을 먹었다.

어머니와 둘이 쓸 방안에는 서랍장이 있고 그 위에 이불이 개어져 있었다. 한쪽 벽면에 칠이 벗겨지고 모서리가 상한 나무 책상이 있었다. 책상의 폭에 맞춰 천장까지 올라간 책꽂이에는 큰형님이 읽은 책들이 빼곡하게 꽂혀 있었다. 장롱 하나 들여놓을 수 없는 좁은 방을 옮겨 다니면서도 책상과 책꽂이를 치우지 않은 것은 외국으로 떠난 큰형님에 대한 애정과 막연하게라도 저 책들 속에 고단한 삶을 헤쳐나갈 어떤 길이 있을 것이라고 어머니는 생각하실 것이었다.

쉽게 잠이 오지 않았다. 고향의 친구들과 이별을 하며 더러는 부러운 눈빛을 받으며 우쭐하던 서울행이 내게 준 첫인상은 먹먹함이었다. 새 생활에 대한 결심보다는 자고 나면 다시 떠나야 하는 낯선 곳에서의 하룻밤 같다는 생각이 들었다.

도시를 떠나가는 경춘선 기차의 쇠바퀴 소리가 들리고 가늘게 창문이 떨렸다.

너, 내가 누군지 알아?

새로 전학 온 중학교는 걸어서 다닐 만한 곳에 있었다. 학교에 가는 길을 따라 작은 개천이 흘렀는데 잡풀이 무성한 천변에는 쓰레기가 버려져 있었고 바닥의 진흙에서는 퀴퀴한 냄새가 났다. 마대 걸레를 짠 것 같은 물이 가늘게 흐르고 부서지지 않은 연탄재가 처박혀 있었다. 다른 동(洞)으로 경계를 가르는 개천 다리를 건너가면 바로 학교였다.

기역 자로 꺾인 3층짜리 건물 한 동과 조그만 운동장이 전부였다. 쇠 그물망으로 칸을 막아놓은 옆으로는 똑같은 규모의 초등학교가 붙어 있었는데 같은 재단에서 설립한 사립학교였다.

중년의 남자인 담임을 따라 복도를 지나고 2학년 7반 교실 앞문이 드르륵 열리자 잽싸게 흩어져 자리를 잡은 아이들의 시선이 쏠렸다. 그런데 한 명이 아니고 두 명이었다. 영성이는 나와 같은 날 목포에서 전학을 왔다. 나는 대충 소개를 받고 꾸벅 인사를 하고 끝이 났지만 영성이에 대한 담임의 소개는 조금 길었다. 초등학교에서는 학생회장을 하고 목포의 중학교에서는 반장을 한 똑똑한 학생이라는 내용이었다.

어찌 되었건 혼자서 감당할 뻔했던 어색한 순간이 한결 수월하게 지나가고 영성이하고는 짝이 되었다. 학교에서 활동을 많이 해서 그런지 영성이는 붙임성도 좋았다. 덕분에 이것저것 호기심을 갖는 애들의 질문과 관심에서 조금 벗어날 수 있었다.

쉬는 시간이 되자 몇 명의 아이들이 짤짤이를 했다. 시골에서 유리구슬을 가지고 홀짝은 했지만 동전으로 짤짤이를 하는 것은 처음 보았다. 이제는 모든 놀이가 돈으로 이루어지는 세계에 편입된 것이었다.

첫날인데도 벌써부터 자기를 알리고 싶어하는 놈들이 몇 명 있었다.

"야! 너, 내가 누군지 알아?"

이놈은 나와 영성이를 양팔로 어깨동무를 하고 찍어 누르며 낄낄거렸다. 순간 욱하는 것이 치밀어 올랐지만 섣불리 행동할 수 없었다. 낯선 곳에서 자기 자리를 잡기까지 겪어내야 하는 문제들이었다. 비애를 감내하며 순응할 것인가 두려움을 박차고 광기를 한번 부릴 것인가. 망설이다 제법 공손한 투로 말했다.

"처음이라 잘 모르겠는데!"

집으로 돌아오는 길에 길바닥의 돌멩이를 발로 차서 개천으로
밀어넣으며 중얼거렸다.
"내가 그걸 꼭 알아야 되냐, 개자식아!"

공터에서 보낸 시간들

그리움이란 무엇인가. 오래 떨어져 산 어머니와 서울에서 학교에 다니던 누이들은 내 마음속에 그렇게 자리잡은 이들이었다. 이따금씩 시골에 내려와 밀린 육성회비를 내주고 새옷 한 벌을 입혀주고 올라가시던 어머니. 서울로 한번 올라간 후로는 방학 때에도 내려오는 일이 없던 누이들. 어린 마음속에 또 다른 먼 곳에 우리 가족의 보금자리가 있고 언젠가는 나도 그곳으로 갈 것이라는 막연한 생각이 비밀처럼 가슴 한구석에 그리움으로 자리잡고 있었다.

그러나 함께 생활을 한 지 얼마 지나지 않아 나는 마치 내가 이 집안의 객식구가 된 것 같은 허전한 생각이 들었다. 여고생의 시절을 건너가고 있는 두 명의 누이들은 이미 성숙한 처녀들처럼 낯설었고 어머니는 시골에서 알던 것보다 자주 술을 드셨다. 술을 드시면 결혼을 하고 외국으로 나간 장남을 그리워하고 이름을 부르고 방바닥을 치며 우셨다. 어머니에게 장남은 다른 모든 자식들을 합쳐도 메울 수 없는 큰 구멍이었다.

열여섯 살에 열 살이 많은 아버지에게 시집와서 열여덟에 나은 큰아들은 아들이기 이전에 어머니에게는 삶의 의미이고 희망이었다. 그 아들의 손에 진흙을 묻히지 않기 위해 시작한 서울 생활이었는데 지금은 그 아들이 없는 것이다.

"이국 만리 있는 아범 보아라⋯⋯"로 시작하는 구구절절한 어머니의 그리움을 대필 편지로 받아 적으며 막연하게나마 어머니의 허전함을 이해할 수는 있었지만, 내 마음속에 쌓이는 알 수 없는 소외의 감정 또한 어떻게 할 수 없는 것이었다.

집에서 조금 걸어나오면 대여섯 그루의 커다란 미루나무가 서 있는 공터가 있었다. 구석에는 넓은 합판이나 각목 같은 건축 자재가 아무렇게나 쌓여 있고 덤프트럭으로 부려놓은 모래가 쌓여 있었다. 그늘을 찾아온 할머니들이 앉아 있기도 하고 아이의 세발자전거를 뒤따라 다니는 애기엄마들이 서성대기도 하는 공터는 술 취해 우는 어머니를 집에 두고 나온 내가 모래에 무연히 앉아 시간을 보내는 곳이었다.

개천의 건너편 길로 지나다니는 버스를 바라보았다. 버스 안에 서서 가는 사람들이 줄어들고 공터로 난 샛길을 걸어 집으로 돌아오는 남자들이 지나갔다. 미루나무 공터가 어둑해지고 다닥다닥 붙은 단독주택의 창마다 등불이 켜졌다. 나는 조금씩 한곳에서 오래 앉아 있는 습관이 들어가고 있었다.

선생님, 안녕하세요!

학교에 가는 길에 누가 뒤에서 툭 쳤다. 그는 카키색 교복을 입고 있었다. 그것은 그는 고등학생이라는 것을 의미했다. 모자에는 한자로 빛 광 자를 새긴 마크가 붙어 있었다. 그는 우리 학교와 개천을 경계로 건너편에 있는 전자공업고등학교의 2학년생이었다. 그를 오늘 처음 보는 것은 아니었다. 공터에 앉아 먹먹하게 시간을 보내고 있을 때 석간신문을 옆구리에 끼고 지나가는 그를 몇 번 보았었다. 그도 나를 본 모양이었다.

"너, 저 학교에 다니나?"

그는 내가 중학생인 것을 알자 자연스럽게 반말을 하며 옆에서 걸었다. 그렇게 친해진 이가 태섭이 형이었다.

공터에서 태섭이 형을 기다렸다가 신문 돌리는 곳을 따라다녔다. 한곳에 앉아 멍하니 있는 것보다는 시간도 잘 가고 재미도 있었다. 이제는 형이 신문을 배달하는 집을 나도 거의 알 정도가 되었다. 형 대신 신문을 반으로 접어서 담 너머로 휙 집어던지며 "신문이요" 하고 소리치는 일은 내가 하게 되었다. 가끔은 길에서 마주치던 여학생이 집으로 돌아오는 것을 보기도 했다. 그럴 때는 형과 나누어 들었던 신문을 얼른 형에게 넘기고 입을 다물고 나는 단지 따라만 다닌다는 것을 티내려고 했다.

이렇게 따라다니지만 말고 나도 한번 이 일을 해볼까 생각한 것은 형이 월급을 받는 날이었다. 천 원짜리 몇 장을 세어서 주머니에 턱 넣고는 분식집으로 데리고 가서 떡라면을 사주었다. 드디어 형을 따라 신문보급소 문을 두드렸다.

사흘 동안 자전거를 타고 따라다니며 신문 넣을 집을 가르쳐주던 보급소 총무가 임무를 끝내고 나 혼자 나가게 되었다. 같이 다닐 땐 다 알 것 같던 집들이 도대체가 가물거리고 헷갈렸다. 땀을 뻘뻘 흘리고 창피하고 수치스러운 생각이 들어 어떻게 신문을 다 돌렸는지도 몰랐다. 태섭이 형을 안 것이 짜증이 나고 그를 쫓아다닌 것이 후회가 되었다. 내가 왜 이 고생을 사서 하나 생각하면서 며칠이 지나고 나니 그런대로 부끄러움도 가시고 일도 익숙해져서 할 만하다는 생각이 들었다. 내가 신문을 돌리는 구역은 우리 동과 경계가 맞붙어 있는 바로 옆 동이었다.

구질구질하게 비가 내리는 날이었다. 이런 날은 정말로 일하기가 싫었다. 그러나 한 달도 안 되어서 어떻게 요령을 피울 수도 없고 무단결근이라도 한다면 보급소 총무가 집으로 찾아와 내가 신문을 돌린다는 것이 들통이 날 판이었다.

신문을 비닐봉지에 싸서 옆구리에 끼고 추적추적 비를 맞으며 문 앞에다 신문을 놓고 대문을 쿵쿵 두드려 "신문이요!" 소리치고 다음 집으로 갔다. "신문이요!" 소리치고 돌아서려는데 누군가 마당에서 무엇을 하고 있었는지 "문 열고 들어와!" 하는 소리가 들렸다. 대문을 밀치고 들어가는 순간 우리는 똑같이 놀랐다. 마당에서 삽을 들고 있는 담임선생님과 딱 마주쳤다.

"아니 너!"

나는 너무나 당황하고 부끄러워 얼굴이 벌게져서 말도 못하고 굳었다가 한다는 말이 "선생님, 안녕하세요!"였다.

태섭이 형이 총무에게 찾아가서 애네 엄마가 위독해서 어쩌고 거짓말로 핑계를 대서 간신히 욕먹지는 않고 신문배달을 그만 두었다. 한 20일 정도 일을 했지만 수금을 안 했으므로 한 푼도 받지 못하고 도리어 감사합니다, 를 연발하며 신문보급소 문을 닫고 나왔다.

그리운 시냇가

세를 더 받기 위해서 주인집은 우리가 부엌으로 쓰는 공간을 띄워놓고 그 옆으로 잇대어 시멘트 벽돌을 쌓아 방 한 칸에 연탄 아궁이가 하나씩 딸린 방을 두 개 더 꾸며놓았다. 얼굴을 자주 볼 수 없는 젊은 부부와 만호네가 그 방에서 살았다. 우리 방과 잇대어 있는 쪽으로 사는 방이 만호네였다. 만호는 여섯 살 먹은 그 집 아들이었다.

우리가 쓰는 부엌 천장에 생긴 공간에 다락이 하나 있었는데 종이 박스나 보따리에 싸여 있는 만호네 살림이 들어 있었다. 만호 아버지는 다리를 약간 절었는데 집에서 가까운 종점에서 마포 어디까지 다니는 버스의 운전기사였다. 만호 엄마는 작은 키에 몸이 뚱뚱하고 입이 걸었다. 깔깔거리고 웃기도 잘하지만 성질도 급하고 목소리가 커서 혼잣소리로 신세 한탄을 하거나 애꿎은 만호를 닦달하는 소리가 우리 방에서도 시끄럽게 들렸다. 자기의 기분에 따라 집안의 분위기가 좌우되는 안하무인의 스타일이 만호 엄마였다. 만호는 어린애가 벌써부터 이골이 났는지 엄마가 제 볼기짝을 후려치기 전에는 욕을 하건 노래를 하건 별 신경을 쓰지 않는 듯이 태평했다.

아래는 합판을 대고 위로 유리를 두 장 붙인 젊은 부부들의 부엌문은 주로 자물쇠가 채워져 있었다. 어쩌다 문이 열려 있어도 그들은 밖으로 나오는 법이 없이 조용했다. 내가 보기에는 성격이 조용해서 그렇다기 보다는 비록 이런 방에 세를 들어 살지만 너희들과는 섞이고 싶지 않다는, 뭔가 같잖은 시건방을 떠는 싸가지 없는 애들 같아 보일 뿐이었다. 허긴 뭐 우리 누나들도 대문을 밀고 들어올 때는 습관적으로 주위를 둘러보고 쏙 들어오기는 하는 것 같았다.

방안에서도 그리 좋지는 않았겠지만 밖으로 나오니 더 초라한 만호네 살림이 마당으로 나오고 다락에 쌓여 있던 종이 박스와 보따리가 먼지 묻은 채로 사다리 아래로 끌어내려졌다. 만호 아버지가 다른 버스 회사로 옮겨가서 그쪽 종점 어디로 방을 옮겨 간다고 했다. 나는 섭섭함보다는 부엌 천장에 붙어 있는 다락 안이 궁금했다. 벽에 붙어 있는 네 칸 사다리를 타고 올라가 다락으로 들어갔다. 앉아서 엉금엉금 다니면 머리가 천장에 닿지는 않을 정도의 높이에 두 사람 정도는 다리를 뻗고 누울 만한 공간은 되었다.

저녁에 엄마를 졸라 다락을 내가 써도 좋다는 주인아주머니의 허락을 받았다. 안 쓰는 밥상 하나와 이불을 옮기고 형의 낡은 책상 밑에 있던 스피커 하나짜리 검은 카세트라디오를 가지고 올라왔다.

처음 가져보는 혼자만의 공간에서 불을 끄고 누웠다. 카세트라디오 속에는 테이프가 하나 들어 있었다. 군대 간 형이 듣던 테이프였다. 가사는 없이 음악만 흐르는 연주곡이었다. 나만의 공간에서 조그맣게 틀어놓고 눈을 감고 듣는 음악은 고요하고 평화로웠다. 귀로 듣는 음악이 눈을 감은 머릿속에 상상의 날개를 펼치게 해주는 것을 처음 경험하고 있었다.

불을 켜고 테이프를 꺼내서 양쪽에 붙어있는 종이에 적힌 글씨들을 읽어보았다. '폴모리아 악단, 노래 제목, 그리운 시냇가, 시바의 여왕, 에게 해의 진주……'

밤마다 하나뿐인 테이프를 반복해서 들으며 고향의 시냇가와 검푸른 바다에 떠 있는 바위섬과 부서지다 만 폐허의 돌 성 같은 것들을 상상하며 현실을 망각하는 습관에 젖어들었다. 다락방의 시간들은 나를 몽상가로 만들어갔다.

너, 다시 한번 말해봐!

하굣길에 앞에서 고개를 숙이고 혼자 걸어가는 영성이를 쫓아갔다. 한동안 말없이 나란히 걸었다. 무슨 말인가 해야 할 것 같은데 그도 나도 말을 꺼내지 못했다.

"라면이나 먹고 가자!"

그의 대답도 듣기 전에 내가 먼저 학교 앞에 있는 분식집 섀시 문을 드르륵 열고 들어갔다. 영성이도 별말 없이 따라 들어왔다. 같은 날 전학을 와서 짝이 되고 그것이 인연이 되어 정말로 단짝이 되어 사이좋게 지내던 영성이와 내가 이렇게 어색하게 떡라면 두 그릇을 앞에 놓고 서로 고개를 숙인 채 먹게 되었다. 미안하다고 내가 사과를 했다.

오늘 마지막 수업 시간이었다. 도덕 선생님은 칠판에다 반공(反共) 두 글자를 한자로 갈겨놓고 별 재미없는 이야기를 늘어놓고 있었다. 영성이가 서울에 와서 다니는 교회의 여학생에게 받은 편지를 책상 밑에서 가리고 또다시 읽고 있는데 내가 슬쩍 뺐었다. 킥킥거리며 실랑이를 벌이는데 "얌마! 너 일어나" 하는 선생님의 목소리가 들렸다. 나는 얼떨결에 일어섰다.

"너, 내가 반공이 뭐라고 얘기했어?"

마지막 시간이라 긴장도 풀리고 영성이와 연애편지로 장난을 치던 터라 나도 모르게 장난스러운 말투로 "저…… 반공은……, 공을 반으로 쪼갠 거요!" 하고 대답했다. 순식간에 교실은 웃음바다가 되었다. 아이들을 웃겼다는 것으로 으쓱해지는 순간 마주친 선생의 눈빛은 불길했다.

"너희 두 놈 이리 나와!"

번쩍 하고 따귀에 불이 났다. 그것으로 끝인 줄 알고 돌아서는데 선생님은 "이 짜식들이 인사도 없이……" 하면서 다시 불러세웠다. 이번에는 영성이와 나를 마주 세웠다. 우리는 번갈아가며 서로의 따귀를 쳤다. 이렇게 쳐 임마, 하면서 선생님은 어색하게 슬슬 때리고 있는 우리에게 시범을 보였다. 서서히 우리의 손바닥에 힘이 들어갔다. 얼굴이 벌겋게 물들어가고 어금니를 꽉 물었다. 영성이와 나는 적이 되어가고 있었다. 그때 선생이 다시 한번 물었다.

"너 반공이 뭐야?"

　나도 모르는 분노에 피가 거꾸로 솟았다. 나는 딴 데를 쳐다보
며 말했다.

　"반공은 공을 반으로 쪼갠 겁니다!"

되긴 뭐가 돼, 임마!

처음에는 그 선생님이 놀라웠다. 수학책을 가지고 수업에 들어오긴 하지만 한번도 펼치는 것을 보지 못했다. "자, 오늘은 몇 페이지" 하고 돌아서서 칠판에다 문제를 적는데 그때서야 책을 펼쳐 문제를 쳐다보면 선생님은 벌써 몇 문제를 정확하게 칠판에 적어놓고 있었다.

문제를 적어놓고 학생들을 쭈욱 훑어보며 "자아 누가 나와서 한번 풀어볼까." 하면 나는 벌써 오금이 저려오고 수치심에 얼굴이 벌게졌다. 오늘이 며칠이지, 하거나 이줄 맨 앞부터 나와, 하거나 30번부터 35번까지, 하는 그야말로 선생님의 기분에 따라 내 오금은 저렸다 풀렸다 했다.

이놈의 수학만 없으면 나도 좀 계획을 세워 공부를 더 잘해볼 결심을 해보기도 할 것 같은데 도무지 깜깜한 수학 때문에 공부는 고사하고 학교를 다니기가 싫을 정도니 큰일은 큰일이었다. 아무리 재수가 좋아도 한번은 걸리는 게 확률과 통계인지라 오늘은 걸리고야 말았다. 다행히 다섯 명 중에 영성이만 뭐라고 칠판에 끄적이고 희만이, 희두, 재진이와 나는 분필을 들고 머리만 긁적이다 꿀밤을 한 대씩 맞고 들어왔다. 고맙게도 수학 선생님은 공부를 못하는 애들에게 별 관심이 없었다.

점심시간에 복도에서 장난을 치다가 지나가던 수학 선생님에게 또 걸렸다. 수업 시간에는 관대한 선생님이 무슨 변덕이 들었는지 우리들 네 명을 끌고 교무실까지 들어갔다. 선생님은 아까 수업시간에 꿀밤을 먹인 희만이와 나를 쳐다보더니 요놈들 요거 공부는 안 하고, 하면서 '무릎 꿇고 손들어'를 시켰다. 점심을 먹고 들어오는 선생님들로 교무실이 어수선하고 담임선생님이라도 볼까 싶어 고개를 푹 숙이고 비비꼬며 손을 들고 있었다.

그때 무슨 날이었는지 구내 매점 아줌마가 고사떡을 가지고 들어와 선생님들의 책상에 돌렸다. 우리 곁을 지나가는 선생님들마다 이놈들 어쩌고 하며 한마디씩 하고 지나가는데 그 시간이 지루했다. 웃으며 떡을 먹는 선생님들의 말소리가 들렸으나 고개를 들고 쳐다볼 수가 없었다. 고사떡을 먹으며 잔소리를 하던 선생님이 창밖을 내려다보며 소리를 질렀다.

"야, 임마!"

　그때 고개를 숙이고 손을 들고 있던 희만이가 저 떡 주는 줄 알고 갑자기 들고 있던 팔을 비비 꼬며 말했다.
　"에이 됐어요, 선생님!"

아! 오토바이

시골 마을 갯둑에서 하모니카를 멋지게 부는 영동이 형을 보았을 때에는 나도 하모니카를 갖고 싶었다. 성철이 형이 여름밤에 개울가 다리에 나와 기타를 치며 〈이름 모를 소녀〉나 〈하얀 나비〉를 폼 잡고 부를 때는 나도 기타를 치고 싶었다. 그렇게 살아오면서 그때마다 갖고 싶었던 것들이 있었으나 또한 금방 잊어버리고 다른 것들을 갖고 싶어하면서 시간은 흘러갔다.

지금까지 간절하게 갖고 싶었던 것이 세 가지가 있었는데 첫번째는 스케이트였고 두번째는 기배 형이 가지고 다니던 지포라이터였다. 지금은 가지고 있지 않지만 이 두 가지는 한때 내 것으로 가져보았다. 그러나 지금 내가 몸살이 날 정도로 갖고 싶은 이것은 도저히 불가능한 것이었다. 125cc 오토바이. 자전거도 아니고 오토바이를 내 것으로 할 수 있는 방법은 도저히 없다는 것을 알면서도 나는 날렵한 125cc 빨간 오토바이를 갖고 싶어 안달이 났다.

큰길가에 2층 건물을 지어 아래층에서는 직접 쌀가게를 하고 위층은 살림집으로 쓰는 쌀집 아들 석진이는 오토바이를 가지고 있었다. 그것만으로도 부러움의 대상인데 거기다가 전기기타까지 있었다. 가끔 2층에 있는 그의 방에서 새로 사귄 동네 친구 몇이서 놀기도 했는데 나는 제목도 알 수 없는 팝송을 연주하며 그룹사운드의 꿈을 키워가는 석진이가 그럴듯해 보이기도 하고 외아들의 특권을 마음껏 누리는 그의 환경이 부럽기도 했다. 허긴 내가 만일 외아들이라 해도 우리 형편에 오토바이나 전기기타를 살 수는 없었을 것이다.

사귄 지는 얼마 되지 않았지만 석진이는 나에게 한 동네에서 자란 친구처럼 대해주었다. 가끔 기타를 건네주며 코드를 잡아보라고 가르쳐주기도 했지만 마음은 간절했으나, 나의 타고난 음악재능은 기타를 배우기엔 불가능했다. 그것보다는 빨리 밖으로 나가, 비록 뒤꽁무니에 매달려 다니지만 오토바이를 타고 동네를 돌아다니고 싶었다. 그런데 정작 석진이는 오토바이를 타는 것보다는 방안에서 기타를 치고 노래 부르는 것을 더 좋아했다. 한 시간이고 두 시간이고 반복해서 연주를 하며 어떠냐고 물어보는 지루한 시간을 끈기 있게 기다리는 것은 순전히 오토바이 때문이었다.

어머니 아버지가 점심을 먹으러 갔는지 석진이가 가게를 보다가 지나가는 나를 보고 손짓을 했다. 가게 안까지 들어가기는 뭣해서 유리문 밖으로 진열해놓은 콩, 조, 잡곡 같은 것들을 구경하며 기다리고 있는데 석진이가 나무로 만든 돈통에서 지폐 몇 장을 슬쩍 주머니에 집어넣었다. 아버지가 내려오자 석진이가 가게에서 나왔다. 왠지 오늘은 오토바이를 탈 것 같은 예감이 들었고 그것은 적중했다.

석진이는 평소에는 쪽문으로 드나드는 철대문의 빗장을 열고 오토바이를 끌고 나왔다. 동네를 한 바퀴 돌고 산 아래 생긴 지 얼마 안 되는 전문학교 정문 앞에서 오토바이를 세웠다. 친구들 여럿이 있을 때는 말할 수 없었지만 오늘은 꼭 말해야겠다고 다짐했다.

"석진아! 오토바이 한번 타자!"

석진이는 순순히 내 부탁을 들어주었다. 왼쪽의 이것이 클러치고 오른쪽은 브레이크, 이렇게 하면 1단이고 밑에서 올리면 2단……. 마음이 급해진 나는 알았어! 알았어!를 연발하며 고개를 끄덕였다. 시동이 걸려 있는 오토바이 잔등에 올라탔다. 둥둥둥둥거리는 엔진 소리와 덜덜덜 떨리는 진동이 사타구니에 전달되자 온몸이 흥분이 되어 오줌을 찔끔거릴 정도로 짜릿했다. 드디어 1단을 넣고 출발을 했다. 이미 자전거야 쌀 다섯 말을 짐칸에 실고 시골길을 달린 경험이 있는 실력이라 앞으로 나가는 데는 무리가 없었다. 뭐 별거 아니구만! 일자로 뻗은 전문학교 앞길을 천천히 달리며 마치 오토바이를 다 배운 것처럼 교만해졌다.

　길이 끝나는 곳에는 T자로 마주치는 큰길이 있었고 오른쪽으로 달리면 우리 학교로 가는 길이었다. 나도 모르는 새에 오토바이는 오른쪽으로 달리고 있었다. 학교로 건너가는 복개천 다리가 나왔다. 다리를 건너 학교 정문 앞을 지나갔다. 제발 누군가 이런 나를 봐주었으면 좋겠다고 생각했지만 오늘은 일요일이었다. 복개천 길을 따라 오토바이를 달렸다. 너무나 멀리 와버려 두려운 생각이 들기 시작했다. 그러나 무슨 마력에 이끌리는지 도저히 오토바이를 멈출 수가 없었다. 빵빵거리며 차들이 지나갔다. 손에 땀이 차고 가슴이 떨렸다. 그러나 오토바이를 멈출 수가 없었다.

　길은 휘어진 개천을 따라 활처럼 곡선을 그리며 꺾어지고 있었다. 핸들이 꺾이지 않을 만큼 오토바이는 속력이 붙어 있었다. 어! 어! 하는 사이 쿵 하는 소리와 함께 눈앞이 깜깜했다. 오토바이는 복개천 난간을 들이받고 왼쪽으로 넘어졌다. 넘어지는 순간에 액셀을 더 당겨 오토바이는 괴물 같은 굉음을 내고 있었다. 다행히 복개천 난간은 시멘트로 논두렁처럼 길게 쌓아놓은 것이었다. 난간에 부딪치며 쓸린 오른쪽 다리 무릎 뼈가 하얗게 드러나 있었다. 하지만 지금 내 몸이 문제가 아니지 않는가! 아직도 덜덜거리며 시동이 걸려있는 오토바이를 일으켜 세우고 훑어보았다. 부서지고 찌그러진 부분이 눈에 들어올 때마다 나는 넋이 나가고 있었다.

내가 뭐하는 놈이지?

춘천으로 가는 기차의 출발지이기도 하지만 인천이나 수원에서 오는 1호선 전철의 종점이기도 한 역전의 광장에 추적추적 비가 내리는 날이었다. 석이와 준구 그리고 석진이와 나는 우산을 하나씩 들고 광장의 모퉁이에서 서성이고 있었다. 아침에는 해가 쨍쨍하다가 오후에 갑자기 비가 내리는 오늘 같은 날은 작전을 하기에 더없이 좋은 날이었다. 전철이 들어오고 사람들이 쏟아져 나올 때마다 딴청부리는 척하지만 눈빛을 서로 힐끔거리며 순식간에 대합실을 빠져나오는 사람들을 훑어보았다.

이미 경험이 풍부한 석이가 우산을 척 펼쳐들더니 눈을 찡긋하며 호기롭게 걸어갔다. 대합실 처마에서 잠시 망설이다가 왼손에 책가방을 들고 오른손으로 이마를 가리는 시늉을 하며 부슬부슬 내리는 빗속으로 걸음을 떼는 여학생의 머리 위에 석이의 우산이 쓰윽 씌워졌다. 잠시의 실랑이를 금방 잠재우고 군침을 삼키며 쳐다보고 있는 우리들의 눈빛을 뒤통수에 받으며 석이는 광장을 벗어나고 있었다. 저 자식은 오늘도 또 성공인가봐! 본명은 만석인데 여학생들 앞에서는 석이라고 불러달라고 부탁을 하는 만석이가 부럽기도 하고 얄밉기도 했다.

나는 몇 번을 따라왔지만 한번도 여학생의 머리에 우산을 씌워보지 못하고 미적거리기만 하다가 석이나 준구의 무용담이나 우스워죽겠다는 듯이 듣는 게 고작이었다. 그렇지만 오늘은 나도 따귀를 맞는 한이 있어도 기필코 한번 해보리라 다짐하고 또 다짐하며 대합실을 빠져나오는 우산 없는 여학생을 기다렸다. 평상시 순서대로 준구가 가고 석진이가 가고 또다시 광장에 혼자 남아 풀이 죽어 망설이고 있는데 사람들이 거의 다 빠져나간 끝에 여학생이 혼자서 뛰지도 않고 고개를 숙이고 걸어가고 있는 것을 발견했다.

부슬비가 내리는 머리 위에 불쑥 우산이 씌워지자 여학생이 고개를 들어 쳐다보았다. 아! 오늘 나에게 무슨 복이 있으려고 이렇게 얼굴이 예쁜가.

나는 당황한 나머지 "걱정하지 마세요 나쁜 사람 아녜요!" 하고 창피한 말을 지껄이고 말았다. 여학생은 살짝 웃고 다시 고개를 숙이고 걸었다. 나란히 걷지도 못하고 어정쩡하게 우산을 씌워주며 거의 쫓아가는 모양으로 걸으며 무슨 말을 하기는 해야겠는데 도대체 입이 떨어지지 않았다.

"우리 동네 사시죠?"

도리어 여학생이 먼저 말을 붙여왔다. 자신감이 생긴 나는 어느새 여학생과 나란히 걷고 있었다. 내 왼쪽 어깨가 빗물에 젖고 있었다. 물기를 먹은 바람에 여학생의 살 냄새가 향긋하게 배어 있었다. 너무나 설레고 가슴이 두근거려서 터질 것 같았다. 서로 별말 없이 걷다가 이따금 지나가며 쳐다보는 애들이 있을 땐 마치 친한 사이처럼 급하게 말을 걸었다.

"몇 학년이에요?"

"2학년이요."

"저도 2학년인데요. 언제 저를 봤나요?"

"고등학교 형하고 신문 돌리셨죠?"

아, 하필이면 그때 보았단 말인가.

"그건 제가 돌린 게 아니구요, 그냥 심심해서 형을 잠깐 따라다 닌 건데……"

나는 말까지 더듬으며 변명을 하고 있었다.

"좋아 보이던데요."

이 말을 듣는 순간 나는 감격해서 거의 숨이 막힐 지경이 되었다. 드디어 내게도 사랑이 오는구나, 나도 여자친구가 생기는구나. 말을 걸 생각도 잊어버리고 혼자의 상상 속으로 빠져서 언제 다 왔는지도 몰랐다. 이제 됐어요, 하면서 그녀는 우산을 빠져나가 머리에 손을 얹고 달려갔다. 멍하는 사이에 골목 하나를 꺾고 있었다.

나는 뛰었다. 이대로 놓칠 수는 없다. 돌아선 골목의 세번째 집 청색대문이 막 닫혔다. 나도 모르게 대문을 두들기고 있었다. 잠시 귀를 기울이다 또 세차게 대문을 쾅쾅 두들겼다. 나는 내가 무슨 짓을 하고 있는지도 몰랐다. 쾅쾅쾅 하는데 빗장 걸린 대문 안에서 새시문 열리는 소리가 났다.

　너 뭐하는 놈이야! 고함 소리와 함께 대문이 벌컥 열렸다. 그녀의 이름도 몰랐다. 학교도 몰랐다. 나도 내가 뭐하는 놈인지 몰랐다. 죄송합니다! 고개를 숙이고 돌아서 오는데 배신감으로 눈물이 날 것 같았다.

아줌마, 잠깐만 기다려요!

같이 칭찬을 받는 것보다는 같이 벌을 받을 때 둘 사이는 더 친해지는 것인가. 수학 선생님에게 붙잡혀 교무실에서 벌을 선 뒤로 희만이와 가까워졌다. 키 크고 사람 좋고 더러 싱겁기까지 한 희만이는 앞 시간에 교탁에 불려가 손바닥을 다섯 대 맞고 가랑이 사이로 손을 비비고 들어와서도 다음 체육 시간에는 신이 나서 시멘트 바닥으로 된 농구장을 땀을 뻘뻘 흘리며 뛰어다녔다.

우리 집은 학교 정문에서 왼편으로 다리를 건너 개천 길을 따라서 가는데 희만이는 나와는 반대쪽으로 세 정거장을 걸어 오래된 비탈길 아래 재래시장이 있는 동네에 살았다.

"우리 집 가자!"

희죽 웃으며 희만이가 내 어깨에 오른팔을 얹으며 자기집 방향으로 빙그르 몸을 틀었다. 희만이가 시장 구경이나 하자며 일부러 골목을 바꾸어 걸었다. 5일마다 읍내의 중앙통을 가로지르며 늘어서는 우리 시골의 장터 풍경과는 비교할 수 없었지만 긴 통로를 사이에 두고 옷가게와 야채, 생선을 파는 좌판들이 늘어서 있는 시장통에 들어서자 마음이 조금은 들떴다. 양은 솥에 둘둘 말려 김을 뿜고 있는 순대국집 앞을 지나갈 때는 구수한 냄새에 침이 고였다. 빨간 알전구를 켜놓은 낡아빠진 아이스크림 냉장고 안에 토막내진 개다리와 눈이 일그러져 붙어 있고 앙다문 흰 이빨 위로 잇몸이 걷어올려진 개 대가리가 쑤셔박혀 있었다.

"벌써 오냐?"

빨간 냉장고 안쪽으로 칸막이를 쳐놓은 가게 안, 비닐장판을 깔아놓은 비좁은 평상에 앉아 있던 아주머니가 희만이를 쳐다봤다. 희만이는 희죽 웃고 말았다. 직감으로 남이 아님을 눈치 챈 나도 고개를 꾸벅 숙여 인사를 했다. 희만이가 잘 웃는 것은 엄마를 닮은 것 같았다. 5백 원을 받아 주머니에 쓰윽 넣고 희만이가 앞장섰다.

시장을 빠져나와 국민은행 모퉁이를 돌아가는데 다른 중학교에 다니는 아이들 셋이 희만이를 불렀다. 초등학교를 같이 다니고 중학교에서 갈라진 친구들이었다. 희만이는 어머니가 장사를 하고 있는 이 동네에서 태어난 토박이였다. 이래저래 통성명을 하고 우리는 조금 걸어서 그 동네 아이들의 단골 라면집으로 갔다.

"아줌마, 라면하고 떡볶이요."

새로 인사를 나눈 한 친구가 시멘트 바닥에 놓인 의자를 끌어당기며 주문을 했다. 라면을 먹다 말고 상 가운데 놓인 떡볶이를 집어먹고 하면서 기분 좋게 떠들었다.

"아줌마 소주 두 병이요."

아줌마는 별일 아니라는 듯이 소주 두 병을 탁자 위에 놓았다. 이런 것은 나도 처음이 아니라는 듯이 내가 한 병을 집어 이빨로 뚜껑을 땄다. 이것 하나로 나는 금방 그들과 동격이 되어 "앞으로 친하게 지내자, 자주 놀러 와라!"는 대접을 받으며 소주잔을 돌렸다. 이 친구들은 마치 자기들이 노는 터에 새 양아치가 한 명 오기라도 한 것처럼 호기를 부리며 소주를 세 병이나 더 시켰다.

즐거운 자리가 끝나고 이제 간도 적당히 커지고 기분도 부풀어 올라 나도 무엇인가를 보여주어야 한다고 생각하고 아줌마 앞으로 가서 호기 있게 학생증을 내밀었다. 사람 좋던 아줌마는 갑자기 표정이 바뀌어 넌 언제 본 놈이냐는 얼굴이었다. 아니 학생증 안 받는 라면집이 어딨어요? 도리어 내가 한마디 하는 판에 희만이가 끼어들어 5백 원을 내고 어떻게 하려고 했지만 이미 기분이 상한 아줌마는 오늘은 무슨 일이 있어도 안 돼!였다. 더구나 시계도 아니고 학생증으로……. 새로 사귄 세 명의 친구들은 어느새 문밖에서 남의 일 구경하듯 미적미적하더니 저쪽으로 슬슬 걸어가고 있었다.

자리로 도로 와서 털썩 주저앉은 희만이와 나는 얼굴만 쳐다보고 이거 오늘 이상하잖아 하는 표정이었다. 잔에 남아 있던 찌꺼기 소주를 털어넣은 희만이가 무슨 결심을 한 듯 "너, 여기 잠깐 있어! 아줌마 잠깐 기다려요" 하며 자리를 박차고 나갔다.

나는 기분이 안 풀린 아주머니가 그릇을 덜그럭거리며 설거지를 하고 있는 앞으로 가서 정말 죄송합니다 이번만 봐주시면 어쩌고 하면서 약한 모습을 보이며 아주머니를 구슬렸다. 내 말을 한 귀로 흘리며 설거지를 하는 아줌마는 문 쪽을 힐끔거리며 밖으로 나간 희만이에게 기대를 거는 눈치였다. 그것은 나도 마찬가지였다.

그때 드르륵 문이 열리며 희만이가 들어왔다. 아줌마는 눈이 똥그래지고 나는 웃음이 터질 뻔했다. 희만이가 한 팔로 휘감아 가슴에 안고 들어온 것은 제 집 벽에 걸린 커다란 불알 달린 괘종시계였다.

어머니의 텃밭

이 자식하고는 언젠가 한번은 이런 날이 올지도 모른다고 생각은 했다. 그리고 그것이 오늘 온 것이었다. 한 다리 건너서 친구이긴 했지만 그와 나는 이미 몇 번은 만난 사이였다. 희두나 희만이 그리고 영욱이를 따라 책가방을 옆에 끼고 목을 조이는 교복의 호크를 풀고 빈둥거리며 돌아다니다 한곳에 모여 쉬곤 했는데, 아이들은 그곳을 '축대'라고 불렀다.

시장통 길을 걸어 올라가면 은행이 있고 길옆으로 층층이 초라한 집들이 이어진 언덕 꼭대기에 있는 조그만 공터가 축대였다. 그곳에 가면 항상 빈둥대는 아이들이 있었다. 이미 학교를 때려치우고 검정고시를 준비하는 애들도 있었고 한 학년을 더 다니는 선배이며 친구인 애들도 있었다.

집에는 가기 싫고 주머니에 돈도 없는 청춘들이 그곳에 모여서 지나가는 애들 삥도 뜯고 여학생들을 희롱하기도 하면서 시간을 때웠다. 덕준이는 그곳의 터줏대감 격인 아이였다. 키가 크고 약간 쉰 듯한 목소리가 언제나 카랑카랑했다. 교복 단추는 항상 두 개가 풀려 있었고 모자는 어디에 있는지 한번도 머리 위에 얹혀 있는 것을 보지 못했다.

나는 그곳에 자주 가는 것은 아니었지만 갈 때마다 그는 그곳에 있었다. 그는 또래 아이들에게 쉽게 욕을 했지만 아이들은 그에게 욕을 하지 않았다. 같이 간 친구들의 소개로 그와 통성명을 했지만 그는 내 이름을 부르며 친근감을 표시하는 따위의 행동은 하지 않았다. 나 또한 성격이 그렇게 상냥하진 않아서 남에게 먼저 붙임성 있게 굴지는 않았다.

"야! 순대나 먹으러 가자!"

오늘따라 축대에 혼자서 쭈그리고 있던 덕준이가 어슬렁거리며 나타나는 우리들을 보자 반가운 듯 엉덩이에 흙을 털며 일어났다. 축대까지 올라간 언덕길을 다시 거슬러 내려오며 시장통으로 향했다.

은행 모퉁이를 돌아서다 덕준이와 같은 학교에 다니는 아이들 두 명을 만났다. 새로운 친구들을 만나자 그는 금방 활기를 띠며 깔깔거렸다. 주머니에 돈도 없고 새로운 친구들은 초면이라 나는 조금 어색하고 흥이 깨졌다. 친하지도 않은 친구에게 얻어먹으러 가는 것도 별로 내키지 않던 터에 모르는 친구들까지 합세를 하니 가고 싶은 마음이 없어졌다. 앞서가는 친구들에게 말도 하지 않고 돌아서서 집으로 가는 비탈길로 내려갔다.

"야, 일루 와봐!"

뒤에서 부르는 소리가 들렸다. 쉰 듯하고 카랑카랑한 목소리는 틀림없이 덕준이였다. 나는 못 들은 척하고 고개를 숙이고 그냥 걸었다. 다시 한번 부르는 소리가 들리고 이번에는 좀더 가까운 곳에서 들렸다. 고개를 돌리는 순간 눈앞에서 번쩍 불이 나고 이빨끼리 딱 하고 부딪치는 소리가 났다.

아니 이 개새끼가 뭐하는 짓인가. 가만히 집에 가는 놈 뒤에까지 쫓아와서 얼굴을 치다니. 한순간 엉켜붙어 번개 같은 주먹질이 오갔지만 그도 나도 주먹이 빗나갔다. 순간 길옆에 해장국이라고 써놓은 네모난 입간판을 번쩍 들었는데 밑에 붙은 시멘트가 너무 커서 들리지 않았다. 발길로 간판을 후려치자 아크릴이 깨지며 발이 푹 들어가고 속에 든 형광등 깨지는 소리가 퍽하고 들렸다. 그제서야 친구들이 그와 나를 붙잡고 뜯어말리기 시작했다.

몸이 서로 떨어지자 우리는 입으로 싸우기 시작했다. 너 이 새끼 처음부터 티꺼웠어. 조까지 마, 새꺄 어쩌고 하면서 몸부림을 쳤지만 더이상 싸울 의사는 없었다. 생각지도 않은 나의 완강한 저항에 덕준이도 당황한 것 같았다.

그보다도 놀란 것은 같이 간 희두나 영욱이였다. 그들도 내가

덕준이에게 밀리지 않고 싸울 줄은 몰랐다는 표정이었다. 덕준이와 화해를 하고 악수를 했다. 나도 조금은 어색하고 꺼림칙하던 덕준이와의 관계가 다소 동등하게 해소된 것 같아 후련했다. 순대를 먹으며 그는 몇 번이나 내 이름을 불렀다. 우리는 좋은 친구가 될 것 같았다.

　개천 길을 혼자 걸어 집으로 돌아왔다. 미루나무가 있고 건축물 폐자재가 쌓여 있는 공터에 쪼그리고 앉아 조그만 텃밭을 매는 어머니가 보였다. 손바닥만 한 땅에 돌을 주워내고 빨간 끈으로 울타리를 친 텃밭에 연탄재를 세워 경계를 그어놓았다. 작은 들깨 잎들이 어머니의 호미질에 흔들리고 있었다. 한동안 멍하니 서서 어머니의 쪼그린 등을 쳐다보았다.

성북역 그림자

　시골에서는 애초부터 중학교나 고등학교에 진학을 하지 않는 경우는 많지만 다니다 퇴학을 당하거나 자진해서 그만두는 경우는 흔하지 않았다. 그런데 이놈의 서울이라는 도시에는 퇴학이건 자퇴건 중도에서 책가방을 팽개쳐버리는 애들이 많았다. 학생도 아니고 그렇다고 신발 공장이나 철공소에 취직을 하지도 않는 이런 청춘들은 어디 멀리 떠나지도 않고 자연스럽게 동네 양아치 행세를 했다. 시루 속의 콩나물보다 빼곡한 털을 길러 사자 같은 머리통을 흔들고 다니기도 하고 계집에 같은 생머리를 늘어뜨리고 아무 가게 유리창 앞에서나 도끼빗으로 앞가르마를 타면서 자신의 젊은 날에 스스로 도취되었다.

1호선 전철을 끼고 나란히 달려온 길은 이 변두리 도시의 역전 광장을 끼고 돌아서면 T자로 막히는데 왼편으로 가면 학교로 가는 길이고 오른편은 집으로 가는 길이었다. 그 T자의 길목마다 작은 상점들이 이어져 있었다. 우르르 역을 빠져나오는 사람들과 울긋불긋한 옷을 입고 대성리나 청평, 가평으로 술 마시고 노래를 부르러 가는 젊은이들로 주말이나 휴일에는 들뜨고 흥청거렸다.

토요일 수업을 마치고 규민이와 둘이서 집으로 걸어오다 역 광장엘 들렀다. 경춘선 기차를 기다리는 대학생들이 여기저기 흩어져 자기네들끼리 둥그렇게 앉아서 기타를 치고 노래를 부르고 새우깡 봉지를 찢어놓고 소주를 마셨다. 그들은 우리처럼 남자는 남자끼리 여자는 여자끼리 서먹하게 몰려다니지 않고 한데 어울려 웃고 떠들며 박수를 치고 노래를 불렀다. 핫도그 하나씩을 들고 뜯어 먹으며 기웃거리는 규민이와 나도 말은 하지 않았지만 저 자유로운 혼숙의 청춘들이 질투 나고 부러운 것이었다.

그런데 오늘따라 우리 말고도 그들이 부럽고 짜증나는 무소속의 청춘들이 있었다. "느네 잠깐 일루 와봐!" 하는데 얼핏 보아도 스물한두 살은 돼 보였다. 팔에 끼었던 가방을 제대로 들고 저쪽으로 끌려가는데 양아치 형은 맨발에 슬리퍼를 신고 대가리는 빡빡이었다. 갑자기 끌려가던 규민이가 가방 든 손으로 나를 툭 치며 키득거렸다. 앞서가는 빡빡이의 불알이 톡 튀어나오도록 끼게 입은 청바지 뒷주머니에 빨간 도끼빗이 꽂혀 있었다. 광장 골목을 빠져나오면 언덕 위로 연립주택이 있고 그 뒤로는 바위와 잡목 몇 그루만 휑하게 서있는 야트막한 민둥산이 있었다.

거기에는 그의 친구들이 있었다. 사자머리와 생머리도 있었는데 그중에 하나는 고등학교 교련복을 입고 있었다. 곧바로 규민이와 나는 차렷 자세로 들어갔다. 최대한 선량한 표정을 지었다. 한 놈이 주머니를 더듬는 동안 다른 놈은 책가방을 뒤적거렸다. 또 한번 웃음이 터질 뻔했다. 우리를 자신의 전리품이라고 생각한 빡빡이가 대대장처럼 우리 앞에 서더니 입을 열었다. 그는 자신을 설명하는데 한참 걸렸다.

"느, 느, 느네 새끼들. 내, 내, 내, 내가 누구냐 하면⋯⋯!"

그는 자기가 바로 이 성북역의 그림자라고 설명했다. 소리 없이 그러나 어디에나 존재하며 이 광장의 모든 것을 주관하는 양아치이시라는 것이었다. 그는 전혀 권위가 서지 않는 말투로 자신의 권위를 자랑하고 있었다.

네네네 대답은 하면서도 내 눈은 바위 아래 비스듬히 쭈그리고 새우깡 봉지를 입에 대고 있는 형에게 자꾸 쏠렸다. 그는 봉지를 입에 대고 바람을 불었다 뺏다 하고 있었다. 본드를 하고 있는 중이었다. 아, 본드는 저렇게 하는 것이구나! 나는 그가 하는 것을 훔쳐보며 그 짓을 배우고 있었다.

별 소득이 없는 전리품이라고 생각했는지 이제는 "빨리 꺼져 새끼들아!" 욕을 했다. 욕을 먹고도 감사하다고 인사를 하고 돌아서려는데 본드가 불렀다. 그는 게슴츠레 풀린 눈으로 나에게 새우깡 봉지를 내밀었다. 그러나 그 봉지를 받을 수는 없었다. 규민이와 나는 선량한 학생을 대표해서 차렷 자세로 가슴팍을 다섯 대씩 맞고 풀려났다.

언덕배기를 내려오면서 이상하게도 머릿속에는 그 본드형의 게슴츠레하게 풀린 눈빛이 떠올랐다. 나름대로 매력 있는 냉소라는 생각이 들었다. 성북역의 그림자보다는 그 본드 형이 조금 더 마음에 들었다.

한여름 밤의 꿈

어느 순간에 생각의 끈을 놓치고 잠에 빠져들었는지 눈을 뜨니 동굴 속 같은 다락방이 깜깜했다. 잠든 내 귓 속으로 〈에게 해의 진주〉를 마지막 곡으로 연주하고 녹음기의 테이프는 꺼져 있었다. 커다란 관 속 같은 다락방은 몇 달을 지내도 퀴퀴한 냄새를 지워내지 못했다. 딸깍딸깍 소리를 내면서 고물 선풍기는 모가지를 비틀고 있었다. 자반고등어 조림을 먹고 잠든 입속이 비릿하고 갈증이 났다. 끼리릭 소리가 날 것 같은 허리를 꺾어 세우고 비스듬히 벽에 기댔다.

앞집 마루에 불이 켜져 있는지 다락방 쪽창 유리에 희미한 불빛이 새어 들어왔다. 방으로도 쓰지 않았던 이 다락에는 무슨 용

도인지 알 수 없는 조그만 쪽창이 있는데 유리 두 장에 먼지가 끼어서 얼핏 보면 반투명 유리 같았다. 베니어판에 학이 그려진 비닐 코팅을 한 밥상을 책상 대용으로 올려다 이 쪽창 앞에 놓기는 하였지만 창문을 한번도 열어본 적이 없었다.

스탠드에 불을 켜려고 엉덩이를 끌고 책상으로 갔다. 먼지가 덕지덕지 붙어 있는 유리창에 가만히 눈을 대보았다. 우리 집을 앞 울타리 삼고 있는 작은 양옥 기와집이 보였다. 마당에는 시멘트가 깔려 있었다. 내 쪽창 바로 밑에는 조그맣게 화단이 있고 사철나무와 몇 포기의 화초들이 자라고 있었다. 누가 사는지 본 적이 없는, 이 조금 낡아 보이는 양옥 기와집은 고요하고 깔끔하게 여름밤을 맞고 있었다. 처마 끝에는 플라스틱 함석을 잇대어 차양을 만들었고 그 처마에 달린 형광등에서 불빛이 새어 나오고 있었다. 창문이 닫혀 있는 방에도 불이 켜져 있었다. 나는 나도 모르게 은밀한 감시자처럼 조용하게 잠든 집의 구석구석을 살피고 있었다.

그때였다. 마루에 벽을 쳐놓은 커다란 유리문이 소리 없이 열리고 마흔쯤 되어 보이는 아주머니가 살며시 나왔다. 세수를 할 때처럼 흰 수건으로 머리를 올리고 이마 위쪽에 리본처럼 수건을 묶었다. 의사 가운같이 흰 잠옷에는 헝겊 허리띠가 묶여 있었다.

아주머니는 안쪽으로 돌려 있는 슬리퍼를 살짝 들어 방향을 바꾸어 놓고 그 위에 발을 올려놓고 있었다. 그리고는 얇은 옷가지가 담긴 작은 바구니를 들고 흰 그림자처럼 소리 없이 걸어 마당으로 나왔다. 그런 후 꽃밭 앞에는 말뚝처럼 박힌 수도꼭지를 비틀어 떨어지는 물을 발등에 받았다. 허리를 약간 굽히고 한 손으로는 흰 잠옷을 약간 들어올렸다. 수돗물을 잠그고 허리를 펴더니 화단을 한번 쳐다보았다.

아주머니는 수돗가에 있는 세숫대야에 바구니를 얹고는 ㄱ자로 꺾어진 집의 오른쪽에 달린 부엌문을 잡아당겼다. 불이 켜진 부엌문 유리창으로 바가지로 가슴에 물을 끼얹는 실루엣 같은 여인의 그림자가 어른거렸다. 이따금씩 사라졌다 다시 나타나는 검은 그림자의 여인은 천천히 바가지를 들어 풀어헤친 머리 위에 물을 붓고 있었다.

나는 이미 깜깜해진 양옥 기와집의 시멘트 마당과 부엌문 유리창에서 눈을 떼지 못하고 한바탕 여름밤의 꿈을 꾸고 있었다.

오, 원더풀 투나잇!

찬바람이 쌩쌩 몰아쳤다. 광장을 빠져나온 사람들이 어깨를 움츠리고 종종걸음으로 골목을 빠져나갔다. 교회의 첨탑에 길게 늘어진 크리스마스 트리에 첫 불빛이 깜박였다. 유리창 위쪽으로 연탄 난로 연통을 뽑아낸 작은 레코드 가게에서 캐롤송이 흘러나왔다. 길가에 진열해놓은 크리스마스 카드와 연하장을 구경하는 단발머리 여학생들의 얼굴에 설레임이 묻어났다. 계획도 없이 서성이다 다섯 장의 카드를 골라 나오며 생각했다. 나는 누구에게 이 들뜨는 흥분과 막연한 그리움을 적어 보내지? 생각나는 얼굴이 없었다.

가끔 삐뚤한 글씨체로 "친구! 네가 떠난 고향은 허전하고 쓸쓸하지만…… 우리들은 너를 대신해서 건강하고 씩씩하게 지내고 있단다!" 하고 편지를 쓰는 고향의 친구들 정수, 성수, 희용이 생각이 났다. 어머니의 구술을 받아 적어 "이국 만리에 있는 큰아들……"로 시작하는 문안의 연례행사용 카드 한 장을 쓰고 남은 네 장의 카드가 며칠째 앉은뱅이책상에 놓여 있었다. 매일 몇 자씩 심심풀이로 한자를 적는 연습장에 미지의 소녀에게나 그냥 떠오르는 시골 마을의 정란이, 희자, 업순이의 이름을 썼다가 지웠다. 전학을 온 서울의 선생님까지 모두 아홉 명의 담임 중에 유일한 여자였던 정수선 영어 선생님의 얼굴이 떠올랐다. 산타와 트리와 별이 새겨진 카드 한 장을 펼쳤다.

"선생님 미치도록 사랑합니다!"

도대체 어떻게 사랑하는 것이 미치도록 사랑한다는 것인가 알지는 못하지만 그냥 그렇게 글씨가 써졌다. 카드를 덮고 봉투에 시골 학교 주소를 적었다. 내 주소는 적지 않았다. 모든 교회의 첨탑에 크리스마스 트리가 걸리고 사람들의 발걸음도 조금씩 빨라져갔다.

"야, 이브 날 뭐 할 거냐?"

세진이가 묻는 순간 세진이가 만나고 있는 여자애 얼굴이 떠오르며 뭔 쾌가 있구나 직감이 왔다.

"광모네 집에서 같이 보내자."

"그래? 그렇다면 나에게는 참 좋은 일이지."

세진이는 만난 지 얼마 되지 않았지만 아주 가까운 사이가 되었다. 그는 역전 맞은편에 있는 민둥산 언덕배기에 있는 연립주택에서 살았다. 어머니와 둘이서 살고 있는 그의 집에 자주 갔는데 그의 방에는 내가 듣는 카세트와는 차원이 다른 전축이 있고 상당한 양의 LP판도 있었다. 비틀즈, 비지스, 레드제플린, 퀸 등 락그룹의 이름을 그를 통해서 들었다.

그는 작고 조각 같은 얼굴에 깡말랐다. 아이들은 그를 꽁치라고 부르기도 하고 칼이라고도 불렀다. 꽁치는 몸매에서 나온 별명이고 칼은 그의 행동에서 나온 별명이었다. 그는 학교를 때려치우고 검정고시 학원을 다녔는데, 마르고 약한 이미지의 자신을 벗어나기 위해 주머니에 항상 잭나이프를 가지고 다녔다.

그와 함께 학원에 다니고 있는 친구가 광모인데 아주 명랑하고 재미있는 애였다. 그들은 머리가 길어서 역전 다방의 출입이 자유로웠는데 세진이 못지않은 음악 지식을 가진 광모는 가끔 동네 형을 대신해서 역전 다방의 뮤직박스에서 폼 잡고 음악을 틀어주기도 했다.

그런 애들인데 여자친구가 없을 수가 있겠는가. 원래 여자 친구란 한 명이 생기면 서로 제 친한 친구를 데리고 나와 새로운 한 쌍이 태어나는 것이 아닌가? 세진이와 광모의 여자친구는 그네 둘 사이 못지않은 단짝이었다. 그애들은 얼굴도 예쁘장한 데다 예명도 있었다. 하나는 하가이고 다른 애는 가원이었다. 무슨 뜻인지는 모르지만 그들은 서로 그렇게 불렀다. 나는 크리스마스이브가 무지하게 기다려졌다. 한번도 얼굴은 보지 않았지만 자기들 친구를 데려온다지 않는가.

해가 떨어지고 재수를 하는 광모네 형이 거리의 불빛과 캐롤 속으로 흘러나가자 우리는 광모의 방으로 흘러들어갔다. 광모의 방에도 멋진 전축과 세진이의 것보다도 많은 LP판이 있었다. 이 것저것 지식을 뽐내며 광모가 선곡해주는 음악을 들으며 자꾸만 벽에 걸린 시계에 눈이 가고 여덟 시가 가까워지자 가슴이 방망이 질 치기 시작했다. 여덟 시에 맞추어 광모는 에릭 클랩튼의 〈원더풀 투나잇〉을 틀었다. 볼륨을 조금 높였다. 정말로 입에 침이 마르는 원더풀 투나잇이었다.

드디어 똑똑 문 두드리는 소리가 났다. 광모 여자친구인 가원이가 배시시 얼굴을 내밀고 먼저 들어왔다. 뒤따라 세진이의 여자친구 하가가 발그레한 얼굴로 들어왔다. 하가는 뒤에서 망설이는 다른 한 명, 즉 나의 파트너가 될 친구를 손바닥을 까딱이며 불렀다. 나는 마른침을 꿀꺽 삼키고 방문을 쳐다보았다. 그녀가 방으로 들어오는 순간 나는 정말 '악! 원더풀 투나잇'을 외치고 싶었다. 나는 그날 씨름 선수 같은 그녀의 몸에 매미처럼 매달려 블루스를 추었다.

빨간 책

학교에서는 교실의 앞쪽에서 주로 돌아다니는 물건이 있고 같은 반이지만 관심이 조금 다른 애들이 모인 뒷자리에서 돌아다니는 것들이 있다. 파카 만년필이나 손바닥만 한 테이프 전용 카세트 같은 것들은 앞자리 아이들 사이에서 이리저리 돌아다니며 관심을 끌었다. 남대문 시장에서 구입한 양담배 말보로라든가 지포 라이터, 칼집에 용이나 독수리가 조각된 주머니칼 같은 것들은 뒷자리를 돌아다니며 사랑을 받았다.

키 순서대로만 따진다면 나는 그렇게 뒷자리에 해당되지는 않지만 기호품의 목록을 따진다면 당연히 뒷자리에 속했다. 새학기가 되고 복도에 줄을 세워 책상을 정할 때는 깨금발을 들어서라도 조금 더 뒤쪽에 앉아야 안심이 되었다. 그러니 맨 뒤에 앉지는 못해도 적어도 뒤에서 두번째나 최소한 세번째는 차지하면서 여기까지 왔다.

나하고는 한 분단을 건너뛰어 뒤에 앉은 형식이가 책상 위에 영어책을 펴놓고서 서랍에서 반쯤 꺼낸 책을 고개를 숙이고 열심히 읽고 있었다. 칠판에다 필기를 하던 여자 선생님이 고개를 돌려 교실을 훑어보면 그의 짝인 민철이가 팔꿈치로 형식이의 왼팔을 툭 건드렸다. 허리까지 둥글게 구부리고 책 속에 빠져 있던 형식이는 고개만 들어 앞을 한번 쳐다보고는 선생님이 등을 돌리는 동시에 다시 고개를 수그렸다.

누가 처음 가지고 왔는지 한 일주일 전부터 형식이가 지금 코를 빠트리고 읽고 있는 '빨간 책'이 교실을 돌아다녔다. 맨 앞자리의 정석이나 맨 뒷자리의 성용이나 모두가 이 책에 굴뚝같은 호기심을 갖고 있지만 어떤 놈도 대놓고 남이 읽는 것을 뺏어가거나 다음 번은 내 차례라고 확실하게 못박지 못했다. 마치 럭비공이 튀듯이 이쪽에서 저쪽으로 순서도 없이 옮겨 다녔다. 그렇지만 이미 이것이 무슨 책이라는 것을 반 전체가 알고 있으니 어느 한 친구가 집으로 가져가 영구히 보관할 수 없는 물건이 되어버렸다. 운 좋게 마지막 시간에 이것을 손에 넣은 아이도 다음날 안 가지고 올 수가 없었다.

교과서보다 조금 작은 판형으로 누런 종이에 인쇄를 한 이 책은 이미 겉장이 떨어져나가고 너덜너덜해져 있었다. 아이들이 집으로 가져갔다 올 때마다 한두 장씩 페이지가 찢겨나갔다. 열심히 독서를 하고 있는 형식이를 힐끔 쳐다보며 은근히 불안했다. 이미 쉬는 시간에 형식이에게 은밀하게 다 읽으면 내게 넘기라고 언질을 주었지만 그렇지 않다고 해서 성질을 부릴 수도 없는 일 아닌가. 그저 쉬는 시간에 형식이 어깨에 손을 살짝 얹고 친한 척을 하며 선처를 기다릴 수밖에 없는 처지였다.

'술 취해 흔들리는 숙경이의 허리를 잡고 철호는 바닷가의 여관 문을 밀치고 들어갔다……'

얼른 가방에 책을 쑤셔넣었다. 마음 같아서는 종례고 뭐고 집으로 달려가 다락방으로 직행하고 싶었다. 안 그런 척 애를 썼지만 대충대충 친구들과 헤어지고 설레는 마음으로 집으로 가는데 저만치부터 뛰어온 영성이가 어깨를 툭 치고 "내일은 내 차례다!" 씽긋 웃고 돌아섰다.

집에는 아무도 없었다. 다락방으로 들어가 느긋하고 설레는 마음으로 빨간 책을 꺼냈다. 그런데 이 자식들이 어찌나 중간중간 결정적일 때마다 한 장씩 뜯어냈는지 여관만 들어가면 다음 페이지가 없었다. 이렇게 안타깝고 짜증나는 순간은 내 생에 처음이었다.

너에게 박수를 보낸다

에…… 마지막으로 한번 더 강조를 하면 그러니까 여러분의 최
우선적인 당면 과제는 공부를……, 하면서 세 번은 더 강조를 하
고 난 후에야 교장의 훈시가 끝났다. 이번에는 단상 아래 있던 교
무주임이 마이크를 잡고 지난번에 실시한 교내 백일장의 수상식
을 거행한단다.

나는 그때 무엇을 썼더라. '길' '구름' 또 '청춘' 이라는 제목을
주고 수필이나 시를 쓰라고 세 시간인가 주었는데 원고지에 '길'
이라고 떡하니 적어놓고는 땅바닥에 낙서나 하고 있다가 되지도
않게 인생길이 어쩌고 하며 몇 자 적어놓았다. 그것도 글이라고
써놓고 혹시나 하며 마이크 소리에 귀를 기울이다니 나도 웃기는

놈이었다. 몇 명의 학생들이 불려나가고 장원으로 교단에 올라가 상장을 받는 애는 우리 반의 김동식이었다. 박수를 치는 내 손에 힘이 들어갔다. 그래, 너는 충분히 박수를 받을 자격이 있다.

동식이는 세 번 시험을 보면 두 번은 일등을 했다. 그는 항상 조용하고 느긋했다. 모이통에 닭새끼들처럼 항상 붐비는 신발장 앞에서도 그는 천천히 제 신발을 찾아 신고 걸어 나왔다. 통통하게 살이 오른 얼굴은 기품이 있고 피부색도 희부연 게 걱정 없이 사는 집 자식 같았다. 그렇다고 반장 선거에 출마를 한다거나 공부 잘하는 것을 티내기 위해 수업 시간에 번쩍번쩍 손을 치켜들거나 하지도 않았다. 자신이 가지고 있는 재능에다가 겸손함까지 얹어 놓은 진정한 모범생이었다. 그러나 이것이 지금 내가 이렇게 힘주어 동식이에게 박수를 치고 있는 이유는 아니었다.

제방처럼 길게 이어진 철길 아래로 굴다리가 있었는데 그 건너편으로는 새로 지은 연립주택 단지와 아직 개발되지 않은, 그러나 곧 개발이 되어야 할 정도로 낡은 집들이 이어져 있는 골목이 있었다. 언젠가 그곳의 연립주택에 사는 윤섭이와 걸어가다가 이상하게 생긴 리어카를 본 적이 있었다. 리어커에는 드럼통처럼 둥그렇게 만든 커다란 양철통이 올려져 있었다. 그것은 작은 똥통이었다. 똥차가 들어갈 수 없는 좁은 골목을 돌아다니며 대신 청소를 하는 리어카였다. 아무리 변두리라지만 그래도 서울에서 똥통이 달린 리어카를 보는 것은 어색하기도 하고 조금 신기했다.

리어카는 골목 귀퉁이에 세워져 있었다. 윤섭이네 연립주택 놀이터 농구대에서 놀다가 부모님이 안 계신 집에서 라면을 끓여 먹고 제법 어둑해져서야 집을 나왔다. 은근한 경사가 진 골목길을 내려오다 순간적으로 몸을 숨겼다. 저 앞에서 허리를 잔뜩 구부리고 힘을 쓰면서 뚱뚱 리어커를 끌고 올라오는 동식이를 보았다.

그날 이후 비탈을 기어 올라가는 개구리처럼 리어카 핸들을 배에 감고 애쓰는 동식이의 모습은 문신처럼 내 머릿속에 박혔다.

마침 옆방에서 예배를 마친 고등부 학생들도 문을 밀치고 나오고 있었다. 그때, 정말 운명적이라고 할 만한 눈빛과 마주쳤다. 지금껏 살아오면서 이렇듯 마음이 쿵! 하는 순간은 처음이었다. 감정이란 것이 어떻게 한순간의 눈빛으로 이렇게 떨리고 설렐 수 있단 말인가. 임금영, 그녀는 그렇게 내 마음속으로 왔다. 나는 이 순간부터 초등학교 때의 그 여자애가 아니고 중학교의 담임선생님도 아니고 바로 이 여자로써 내 인생의 첫사랑을 삼기로 했다.

제3부 설익은 인생의 맛

쌍 자크라 불린 사나이

시간이 흘러간다는 것은 지금 나에게 어떤 의미가 있는 것일까. 그날이 그날이고 뭐가 특별하게 변한다거나 새로운 희망이 불쑥 생겨나는 것도 아니지 않는가. 중학교 3학년이 되었다. 아침마다 교문을 지키고 서서 복장이 불량하다는 둥 머리가 길다는 둥 시비를 거는 선도부라는 작자들이 이제는 동급생이라는 것이 조금 편해졌다. 점심시간이면 가끔 찾아와 꼬불친 담배 없냐고 물어보는 민석이도 제가 선도부라고 교문 앞에 폼을 잡고 서서 애들 가방이나 주머니를 뒤지고 있는 것을 보면, 감투라는 것이 얼마나 사람을 우습게 만드는가.

칼라에 3자 배지를 달면서 교복을 바꿔 입었다. K고등학교를 다니다 패싸움을 하고 퇴학을 당한 동네 형이 물려준 것인데 밋밋한 통자로 되어 있는 윗도리 허리를 잘록하게 파고 바지는 끝단을 넓혀 나팔바지를 만든 것이었다. 나는 진작부터 이 옷을 입고 싶어 근질거렸지만 그놈의 선도부들 때문에 입지를 못하고 장롱에 고이 모셔두었다. 교복을 바꾸고 나니 끝이 뭉툭하고 평범한 구두가 맘에 들지 않았다. 애들 중에는 더러 종로 5가에 밀집해 있는 구둣방에 가서 끝이 뾰족하고 뒷굽이 높은 사제 구두를 신고 다니기도 했다.

이제 3학년이 되었으니 공부도 열심히 하고 모범적으로 지내겠다는, 금방 잊어버리고 말 입바른 말로 어머니의 주름진 주머니를 열어 종로 5가로 달려갔다. 끝이 팽이처럼 뾰족한 검은 구두를 신고 벗고 하다가 선반에 놓인 구두 한 켤레에 눈이 꽂혔다. 모양은 다른 구두와 별 차이가 없는 이 구두는 끈이 없는 대신 양쪽으로 자크가 달려 있었다. 내 가슴이 두근거리는 것이 느껴졌다. 낡은 구두를 벗어 가게에 두고 새 구두를 신고 나왔다. 구두가 너무 반짝거려 번갈아가며 발등을 밟아 약간의 흙을 묻혔다.

쌍 자크가 달린 구두는 아이들에게 큰 호응을 얻었다. 나는 의기양양하게 친구들을 데리고 그 구둣방을 두어 번 더 방문했다. 기분이 좋아진 주인아저씨는 괜히 친한 척을 하며 곧잘 농담을 했다. 열 명만 채우면 구두 한 켤레를 준다고 했지만 나도 그렇게까지 정신이 없는 놈은 아니었다. 선생이나 어른들은 더러 이런 꼴을 보고 눈살을 찌푸리기도 했지만 교복 허리가 조금 잘록하고 구두에 자크 좀 달렸다고 해서 뭐 그렇게 큰일이 나겠는가. 나는 단지 조금 풀어진 이런 행동으로 획일적으로 갇힌 틀 속에서 작은 숨구멍을 찾았다.

수고하고 무거운 짐 진 자들아

어깨에 띠를 두르고 교회의 주보를 나누어주는 중·고등학생들 틈에 낀 여학생이 예뻤다. 그녀는 아주 작았다. 예배 순서가 적힌 종이를 건네주며 살짝 눈웃음을 지었다. 다른 때에도 더러 이 종이를 받아보았지만 별 관심이 없었다.

그런데 오늘 나는 하느님보다는 이 작고 예쁜 여학생에게 마음을 빼앗기고 말았다. 집으로 걸어오며 주보를 들여다보았다. 지팡이를 짚고 서서 양 한 마리를 가슴에 안고 있는 장발의 사내가 지긋한 눈길로 먼 곳을 바라보고 있었다. 조금 굵은 활자로 '수고하고 무거운 짐 진 자들아, 다 내게로 오라!'고 씌어 있었다. 그렇지, 나도 무엇인가 무거운 짐이 항상 어깨를 짓누르는 기분이었지. 알 수 없는 목멤과 그리움이 있었지.

그날 저녁 예배에 나는 교회의 긴 의자 끄트머리에서 고개를 숙이고 있었다. 그런데 낮에 주보를 나누어주던 그 여학생은 보이질 않았다. 어색하고 허탈하고 약간은 부끄럽기도 한 기분으로 교회를 나오는데 누가 뒤에서 어깨를 툭 쳤다. 교련복을 입고 있는 이 학생은 교회 고등부 회장이었다. 첫눈에 보아도 얌전하고 선량해 보이기 위한 몸짓이 느껴졌다. 나는 학교와 학년, 이름을 적고 집으로 돌아왔다. 이렇게 나는 하느님이 대신 보낸 어린 암양에게 이끌려 동네에 있는 교회에 첫발을 들여놓았다.

학생들은 중등부와 고등부로 나뉘어 어른들의 예배 시간을 피해 친교실이라고 하는 작은 방에서 따로 예배를 보았다. 지나다니며 흘낏 보던 것보다는 많은 남녀 학생들이 교회에 다니고 있는 것에 속으로 놀랐다. 고등부 회장은 나를 중등부 예배실로 안내하고 인사를 시켰다. 바로 거기에 나에게 주보를 건네준 여학생이 있었다. 중등부의 학생들은 고등부보다는 인원이 적었다. 아홉 명이 첫 예배를 보는데 남학생은 다섯 명이었다. 우리의 예배를 주관하는 젊은 전도사는 덩치가 크고 말이 빨랐다. 설교를 하는 도중에 너무나 서둘러서 십자가에 못 박힌 예수를 급한 나머지 "예수가 목매달아 죽을 때……!"하고 말해 학생들을 웃겼다. 예배가 끝나고 은박 접시에 담긴 과자와 음료수가 나왔다.

나를 교회로 나오게 만든 그녀의 이름은 이경민이었다. 이제 나는 그녀와 함께 사랑하거나 혼자서 짝사랑을 하게 될 것이다,

생각하며 그녀를 틈틈이 훔쳐보았다. 적어도 교회를 빠지지 않는 다면 그녀를 볼 수 있다는 사실이 무척 마음에 들었다. 아쉽고 흐 뭇한 작별을 하며 친교실을 나왔다.

마침 옆방에서 예배를 마친 고등부 학생들도 문을 밀치고 나오 고 있었다. 그때, 정말 운명적이라고 할 만한 눈빛과 마주쳤다. 지 금껏 살아오면서 이렇듯 마음이 쿵! 하는 순간은 처음이었다. 감 정이란 것이 어떻게 한순간의 눈빛으로 이렇게 떨리고 설렐 수 있 단 말인가. 이경민 그녀가 내 가슴에 울린 물결의 무늬는 잔잔하 게 여울지는 파문이었다면 지금 짧은 순간 눈빛이 마주친 고등부 의 이 여학생은 내 마음을 까마득한 벼랑으로 떨어뜨리고 있었다.

임금영, 그녀는 그렇게 내 마음속으로 왔다. 나는 이 순간부터 초등학교 때의 그 여자애가 아니고 중학교의 담임선생님도 아니 고 바로 이 여자로써 내 인생의 첫사랑을 삼기로 했다.

다 같이 묵도하시겠습니다!

    교회를 다니기 시작하고 주님을 알기 전에 친구들을 먼저 알게 되었다. 상훈이, 방훈이, 희창이, 규석이, 창수 등은 학교는 다르지만 모두 같은 학년이었다. 창수는 중등부 학생 회장이라 그런지 매사에 모범적인 행동을 하려고 노력을 하는 친구였다. 가령 교회 집사인 자기 어머니가 믿음의 자식이 아닌 자들과는 놀지도 말라고 교육을 시키면 그 말에 복종하며 생활했다. 그래서 그는 동네에서도 교회 친구 말고는 어울리는 애들이 없었다. 나는 그것이 그렇게 좋은 교육법이라고 생각하지는 않았다. 상훈이는 '반듯하다'는 표현이 잘 어울리는 친구였다. 말수도 별로 없는데 유머가 있고 자기는 담배를 피우지 않아도 그것을 하는 애들을 욕하지 않왔다. 신학교를 가서 목사가 되려나 생각했는데 그의 입에서 나온 대답은 의외로 연극영화과였다. 나는 대학에 그런 학과가 있다는 사실도 그를 통해 처음 알았다. 방훈이는 이름도 약간 웃기지만 그의 재치나 농담은 이름값을 하고도 남았다. 쌍꺼풀 없는 눈꼬리가 치켜올라갔는데 굵고 짙은 눈썹이 일자로 눈꼬리를 누르고 있었다. 사람을 약간 깔보듯 곁눈질로 잘 보는데 그것은 습관일 뿐이고 마음은 아주 착했다.

변두리인 우리 동네에서 버스를 탈 때 아이들은 우르르 뛰어올라 계단 하나가 높은 맨 뒤칸으로 뛰어갔다. 운전수가 머리 위에 달린 거울로 뒤를 힐끗 쳐다보면 하늘색 제복에 빵모자를 얹고 실핀을 꽂은 안내양이 "오라이~" 하면서 부르릉거리는 버스를 탕탕 쳤다. 그러면 맨 뒤에 앉아서 싱글싱글 웃고 있던 방훈이가 땡! 하고 입으로 종치는 소리를 내고 "다 같이 묵도하심으로 30번 버스 출발하겠습니다!" 했다. 우리들은 낄낄거리고 안내양도 뒤를 돌아보며 웃었다. 내릴 때에는 "누나는 얼굴이 참 예쁘네요!" 하면서 손바닥을 벌리는 안내양의 손을 잡고는 악수를 하듯 흔들고 얼른 뛰어내렸다. 그런데도 그 방법이 잘 먹혀서 그는 공짜로 차를 타고도 욕을 먹지 않았다. 나는 어떤 것이든 집단 속에서는 어색하고 갑갑했는데, 이런 교회 친구들을 알면서부터는 고향에서 함께 자란 친구들과 어울리는 것처럼 편안함과 재미를 느꼈다.

문학의 밤 행사가 얼마남지 않은 때였다. 자작시를 한 편씩 낭

송한다는 것이 은근히 걱정되었지만 이참에 시를 한번 써보고 싶기도 했다. 그런데 도대체 어떻게 쓰는 것이 시란 말인가. 초등학교 때 갯둑에서 가오리연을 띄우다 언 손을 비비며 집으로 돌아왔는데 둘째 누이가 난데없이 너 '연'에 대해서 시를 한번 써봐라 해서 연필에 침을 발라가며 쓴 내 처녀 시가 있다.

연

나는
고구마를 먹으며
연을 띄웠다

누이는 깔깔거리고 나는 얼굴이 빨개져서 아앙! 하며 투정을 부렸다. 그 후로 지금까지 한번도 시를 완성해보지 못했다. 지금 내 다락방에 펼쳐진 공책에는 〈가을과 소녀〉 〈비탄〉 〈추락〉 〈연인〉 〈비상〉 이런 제목들이 적혀 있다. 가을과 소녀만 빼고 나머지는 간신히 찾은 한자로 그럴듯하게 적어놓고는 한 줄도 쓰질 못했다. 이참에 아무에게도 들키지 않고 고등부의 임금영, 그녀만을 위한 멋진 시를 한 편 쓰고 싶어 속이 탔다. 방훈이 놈은 어떤 시를 써 올까? 다 같이 묵도하심으로 시 한 편 쓰시겠습니다! 걔만 생각하면 자다가도 웃음이 났다.

나를 봐서 울지 마세요

어머니가 울고 있었다. 손으로 방바닥을 치며 미국으로 떠난 큰 아들의 이름을 부르며 애절하고 처절하게 울고 있었다. 어머니가 울 때에는 아버지도 없고 다른 자식들도 필요없다는 듯 오직 큰아들의 이름만을 부르며 구슬피 울었다.

어머니에게 큰형님의 존재는 누구도 범할 수 없는 어떤 신앙이며 절대적 그리움이었다. 이 세상에 어떤 것으로도 대신할 수 없는 구멍이 어머니의 가슴에 있었다. 그 가슴에 뚫린 구멍으로 쓸쓸한 바람 소리를 내며 어머니가 울고 있었다. 어머니가 저렇게 울 때에는 접신에 들어선 무당처럼 아무 소리도 귀에 들리지 않는 것 같았다. 술이 깨어 지쳐 잠들 때까지 행해지는 이 의식은 아무도 방해할 수 없었다.

슬며시 방문을 열고 들어갔다. 방바닥에는 빈 소주병 하나와 김치 쪼가리가 담긴 접시가 있었다. 국물이 방바닥에 튀어 방바닥을 치며 우는 어머니의 손바닥에 빨간 국물 자국이 얼룩져 있었다. 그런 어머니의 모습에는 분노나 짜증보다는 알 수 없는 슬픔이 묻어 있었다. 나는 다시 한번 어머니를 달래보았다.

"엄마, 나를 봐서 울지 마세요."

뗏물처럼 눈물이 고인 어머니의 눈과 마주쳤다.

"네까짓 게 뭔데 너를 보고 참어!"

어머니의 손바닥이 다시 방바닥을 치며 큰아들을 불렀다. 어머니가 방바닥에 흐트러뜨린 흔적들 속에 구겨진 지폐 두 장이 떨어져 있었다. 나는 그것을 펴서 주머니에 넣고 방문을 닫았다.

오후의 햇살이 아직 눈부시고 휘어진 철길을 달리는 하행의 기차 바퀴 소리에 귀를 막는 풀들의 머리채가 세차게 흔들렸다. 구멍가게에서 막걸리 한 병과 새우깡을 사 검은 봉지에 들고 나왔다. 망설이다가 근처 문방구에 들렀다. 튜브처럼 짜는 작은 본드 두 개를 샀다. 뒷산으로 오르는 길에 잔모래들이 바스락거리며 쓸리고 듬성듬성 나무들이 서있는 숲에서 철늦은 매미가 울었다. 잔디가 잘 가꾸어진 무덤가 봉분에 등을 대고 앉았다. 짜르르 뱃속을 흐르는 막걸리의 시큼한 냄새가 입안 가득 고였다.

나는 어떤 슬픔에 젖어야 하는지 알지 못한 채 깊은 슬픔을 찾아가는 길을 더듬으며 막걸리를 한 입씩 머금어 삼켰다. 비워진 새우깡 봉지에 본드를 짰다. 구부린 등을 더욱 구부리며 입과 코를 쑤셔박은 새우깡 봉지를 두 손으로 감쌌다. 눈을 감쌌다. 느리고 깊은 호흡 속에서 깊이를 알 수 없는 깜깜한 동굴 속으로 몸이 떨어졌다. 어둠 속에 소나기 같은 별들이 피어났다. 무게를 느끼지 못하는 몸이 유영해가고 있었다. 검은 하늘에 퍼지는 불꽃처럼 의식이 파열했다. 입에 붙은 봉지를 떨어뜨리고 몸이 잔디밭으로 기울며 쓰러졌다. 내 정신도 나를 슬프게 할 수 없는 세계로 나는 사라졌다.

짝사랑

그녀를 본 지 몇 달이 지났건만 간단하게 건네는 눈인사 정도가 고작이었다. 비록 한 학년 차이지만 어떻게 말을 걸어볼 형편이 안 되고 그저 흘낏흘낏 훔쳐보는 것이 전부였다. 어쩌다 눈이 마주치면 그 짧은 순간에 무언의 고백을 건네기 위해 웃으면서 뚫어져라 그녀의 눈동자를 쳐다보았다. 이런 내 마음을 아는지 모르는지 그녀는 선하게 웃으며 나를 보았다.

나는 그녀뿐만이 아니라 고등부의 형들에게까지 신경이 쓰였다. 저들 중에 혹시 누구하고 그녀가 사귀는 것은 아닌가, 아니면 그녀에 대한 어떤 말들이 나오지 않을까 귀를 기울였다. 그러나 천만다행하게도 그녀는 아직 누구와도 사귀지는 않는 것 같았다.

그것이 그녀를 더 순결하고 귀한 영혼으로 보이게 했고 내 짝사랑을 더욱 깊게 만들었다.

그녀는 글을 쓰는 데는 별 관심도 재주도 없는 나를 밤이면 연습장에 앉혀놓고 하염없이 무언가를 썼다 지우게 만들었다. 내 머릿속 생각만으로는 멋진 연애편지를 쓸 수가 없는 나는 책꽂이에 꽂혀 있는 문학전집이나 수필집에 자꾸 손이 갔다. 내용도 잘 모르는 《데미안》을 억지로 읽다가 '벗이여, 젊은 날 우리는 괴로웠다!' 이런 구절을 읽을 때는 마치 나를 위해 쓴 것처럼 고마워 얼른 연습장에 옮겼다. 막스 뮐러라는 작가가 쓴 《독일인의 사랑》에서 '나는 너에게 그 무엇이라도 되고 싶다'는 절절한 구절을 읽었을 땐 너무 감격해서 잠을 이룰 수가 없었다.

그날 밤새 써놓은 편지는 전하지도 못하고 엉뚱하게도 고향 불알친구에게 편지를 쓸 때 그 구절을 써먹고 말았다. 감격한 고향 친구는 구구절절 우리의 변치 않을 우정에 대해 긴 답장을 보내왔다.

그녀는 불쑥불쑥 내 마음에 찾아와 나 혼자 얼굴을 붉히게도 하고 다짐을 하게도 하고 중얼거리게도 했다. 나에게 희망이 있는 것은 이제 중학 생활이 얼마 남지 않았다는 것이었다. 그러면 고등부에서 함께 예배도 보며 좀더 많은 시간을 그녀와 함께 할 수 있을 것이었다. 그때까지 제발 그녀에게 사랑이 나타나지 않기를 간절히 바라며 오늘밤도 부치지 못할 편지를 썼다.

졸업식

나는 지금 중학교 졸업장을 받으러 학교로 가고 있다. 무엇이 나를 이끌고 왔는지 알 수 없는 길을 따라 여기까지 왔다. 돌이켜 보면 나는 특별한 재능을 가지고 선생님이나 학생들에게 사랑을 받지도 못했고 모난 행동으로 그들의 눈 밖에 나지도 않았다. 있는 듯 없는 듯이 그저 그런 학생으로 웃기도 하고 까불기도 하고 때로는 우울해하기도 하며 여기까지 왔다. 나는 늘 소수를 위해 박수를 치는 대다수의 학생들 속에 끼어 있었다.

말을 해보지는 않았지만 얼굴을 스쳐간 많은 동창생들. 함께 어울려 다니며 몇 장의 추억을 나누어 간직한 친구들. 강당에 모여 몇 번의 박수를 치고 나서 앨범과 졸업장을 받았다. 공부를 잘

한 석호는 집안이 가난하여 공고를 선택했다. 아버지의 똥리어카를 끌면서도 일등을 하던 동식이. 같은 날 같은 반으로 전학을 왔던 영성이. 태일이는 얼굴이 잘생겨 도봉산으로 소풍을 갔을 때, 혼자서 같은 날 소풍 온 여학교 학생 다섯 명을 꼬셔와 붉게 물든 단풍나무 아래서 함께 사진을 찍었지. 이제 흩어지면 우리는 다시 만날 수도 있고 영원히 헤어질 수도 있겠지.

이리저리 몰려다니며 몇 장의 사진을 찍었다. 군에서 제대한 셋째 형과 어머니가 와 있었다. 차고 딱딱한 운동장에서 셋은 추운 가족사진을 찍었다. 어머니의 차가운 손에 상장 하나 건네 드리지 못한 것이 미안했다. 짝사랑을 하고 있는 그녀가 잠깐 생각이 났지만 보잘것없는 이 현실이 도리어 나를 쓸쓸하게 했다.

일곱 색깔 무지개

연합고사를 보고 ^삥삥이를 돌려 입학한 고등학교는 성북동 언덕 꼭대기에 있었다. 버스를 두 번 갈아타고 삼선교에서 내리면 우시장에 몰려드는 소 장사꾼들처럼 일찍 출발한 남녀 학생들이 각자의 학교로 잰걸음의 물결을 이루며 흘러갔다. 내가 속한 1학군 대부분의 고등학교들이 근처에 몰려 있었다. 삼선교에서 성북동 꼭대기로 올라가는 언덕길만 해도 세 개의 남자 고등학교와 여상(女商)이 하나 있었다.

서로 ^삥삥이를 돌려 입학한 처지에도 역사와 전통이 어떻고 하면서 어깨에 힘을 주고 다니는 K고와 B고에 비해 우리 학교는 도리어 깡패 학교로 불렸다. 예전에 우리 학교의 복싱부가 유명했던 모양이었다. 그중 한 선수가 우리나라 최초로 세계챔피언이 되었다고 했다. 그렇지만 지금은 모 사범대학의 부속고등학교로 이름이 바뀌었다. 그래도 뭔가 트집을 잡기에는 현재보다는 과거에서 캐는 것이 상대에게 뿌리 깊은 낭패감을 주기에는 쉬운 법이다. 다른 학교 애들은 굳이 그것을 끄집어서 지금과 연결시키려 들었다. 비록 내가 깡패가 아니라도 깡패 학교라고 남들이 부르니 뭔가 나도 센 놈 같기도 하고 그렇게 나쁠 것 없다고 생각하고 괜히 눈에 힘주고 다른 학교 애들을 쳐다보기도 했다.

신입생이 되어서 처음으로 사귄 친구는 같은 반이 아니라 5반인 임호였다. 월요일마다 교련복을 입고 운동장에서 하는 애국조회 시간에 주번 한 명을 대신 내보내고 땡땡이를 치다가 옆 반에는 누가 있나 하고 슬쩍 문을 열었다. 당연히 모르는 애들 두 명이 있었다. 척 보니 여기도 한 명은 주번이고 한 명은 나처럼 땡땡이를 치는 놈이었다. 괜히 왔나 하고 문만 열어보고 그냥 가려고 했는데 "넌 뭐냐?" 하는 소리가 뒤통수를 쳤다. 문을 닫으려다 말고 몸을 디밀고 들어갔다.

"나, 4반인데! 왜?"

발을 밖으로 빼어 꼬고 앉아서 책상에 뭔가를 끼적거리고 있는 놈한테 슬슬 다가가다 멈칫했다. 이놈은 볼펜이 아니라 조각칼로 책상에다 낙서를 하고 있었다.

"근데 뭐 하러 남의 반을 기웃거려, 씨발아!"

이놈은 고개를 숙인 채로 한 판 할 준비를 하고 있었다. 나는 두려울 때 과격하고 잔인해지는 습성이 있는 놈이다. 잽싸게 달려가 발로 책상을 확 밀어버렸다. 졸지에 앉은 채로 책상을 안고 넘어간 이 친구가 일어날 새도 없이 의자를 집어 찍으려는 순간에 지켜보던 주변이 얼른 달려들어 의자를 잡고 뜯어말렸다. 몸을 추스린 그가 조각칼로 책상을 팍! 찍더니 뽑아들고 달려들었다. 말리는 주변을 가운데 두고 그의 발길이 삐져나왔다. 그때 운동장에서 교실로 행군하는 밴드부의 연주 소리가 들려왔다.

막 크는 병아리들이 마당에서 서로 목을 높이 뽑고 날개를 파닥이며 키 재기를 하는 것처럼 신입생 시절이란 그저 이 정도로 키 재기만 하면 되었다. 첫 시간이 끝나고 나는 뒷문으로 그는 앞문으로 나와 복도에서 악수를 하고 친구가 되었다.

수업이 끝나고 임호가 자기네 집으로 가자고 했다. 그의 집은 버스를 한번 타면 가는 곳이었다. 그렇지만 우리 집과는 방향이 달랐다. 버스 안에서 임호가 웃으며 물었다.

"너 어디서 놀았냐?"

나는 순간 말을 더듬던 '성북역 그림자' 그 형이 생각났다. 그런데 자꾸 웃음이 나와서 "놀긴 어디서 놀어? 시골에서 전학 왔지" 하고 대답했다.

나는 임호네 집이 큰 것에 놀랐다. 그는 부잣집 외아들이었다. 1층 소파에 앉아 있는 그의 어머니에게 인사를 하고 나무 계단을 올라가 2층에 있는 임호 방으로 갔다. 전축과 LP판 구경을 하고 있는데 옷을 갈아입은 임호가 맥주 다섯 병을 가지고 올라왔다.

그가 커튼을 닫고 형광등에 불을 켜니 푸른 바다빛 야광불빛이 들어왔다. 성능 좋은 전축에서는 한참 유행하고 있는 그룹사운드 작은 거인의 〈일곱 색깔 무지개〉가 스테레오로 흘러나왔다. 그와 건배를 하고 노래를 따라 부르며 맥주를 마시는 동안 그의 어머니는 한번도 방문을 열지 않았다. 내 고교시절의 첫번째 무지개 색깔이 이렇게 그려지고 있었다.

당구에 입문하다

    군대에서 제대한 셋째 형은 공무원 시험을 보았다. 누구보다 공부를 잘했고 또 공부를 하고 싶은 열망도 강했지만 두 명의 누이와 막내인 나까지 학교를 다니고 있으니 도저히 학업을 계속할 형편이 못 되었다. 동생들이 졸업을 할 때까지라도 생계를 책임지는 가장의 역할을 해야 했다. 공부는 형 같은 사람이 해야 되는데 목표도 열망도 없는 나 같은 애가 형의 길을 막는 것 같아 미안했다.

    형의 고등학교 때 일기장을 본 적이 있었다. 그 첫 장에 씌어있던 구절을 나는 잊지 못한다. "나는 나의 별을 믿는다. 언젠가는 찬연히 빛을 띄우리란 것을. 이것은 불변하는 나의 신앙이다." 그리고 또 한 구절, "나는 내 가난한 날들의 증인들을 사랑한다. 언젠가 그들은 내 삶을 증언해줄 가장 가까운 이들이기 때문이다."
나 같은 애는 상상도 하기 힘든 이런 구절들을 마음에 새기며 공부를 한 형이 자랑스럽고 멋있어 보여서 가슴이 뜨거워졌다. 그런 형이 학업을 포기하고 공무원 시험을 보려 하니 아무리 철없는 나일지라도 어찌 형에게 미안한 마음이 없겠는가. 이런 것을 아는 놈이 왜 악착같이 공부를 한번 해보겠다는 생각은 안 하는지 모르겠다.

공무원이 된 형이 융자를 받고 미국에 있는 큰형님이 돈을 보내고 해서 연립주택을 샀다. 집 옆에는 낡고 쓸쓸해 보이는 건물들과 커다란 운동장이 있는 전문대학이 있었다. 예전에는 서울공대가 있던 자리인데 옮겨가고 지금의 공업전문대학으로 사용하고 있었다.

학생들이 모두 빠져나가고 땅거미가 질 무렵 낡은 그물망이 쳐진 축구 골대가 있는 운동장을 어슬렁거리며 산책을 할 때면 드문드문 서있는 커다란 미루나무에서 살랑거리며 흔들리는 나뭇잎 소리가 들리고 담쟁이덩굴이 건물을 에워싼 낡은 석조 건물의 유리창이 검게 반짝였다. 이 폐허의 정원 같은 쓸쓸한 저녁의 대학 교정을 거닐다보면 내 마음도 조금은 우울해지고 떠올려지지 않는 먼 미래 같은 것들을 생각해보기도 했다. 아직은 무엇을 체계적으로 생각하고 실천해나갈 힘이 없지만 새로 이사 온 이 동네의 대학 교정이 마음에 들었다.

이렇게 폼을 잡고 저녁 산책을 하는 것까지는 좋은데 그다음에는 왜 집으로 들어가지 않고 2층짜리 신축 건물에 있는 당구장으로 들어가냔 말이다. 이곳 전문학교에는 지방에서 올라온 학생들이 많이 있었는데 근처에서 자취를 하거나 하숙을 했다. 학교 앞에는 이들을 상대로 한 당구장이 두어 곳 있었는데 연립주택으로 들어가는 입구에도 하나가 있었다. 비록 고등학생과 대학생이라는 차이는 있지만 두서너 살 위의 형들이고 나는 이 동네에 살고 있는 토박이가 아닌가. 별다른 제재 없이 무상으로 드나들며 큐대를 잡고 당구를 치기 시작했다.

더 잘된 것은 주인아저씨도 나와 같은 연립에 살고 있어서 혹시 게임에 지더라도 외상을 하는 데 문제가 없다는 것이었다. 이래저래 할 일이 없으면 게임이 끝난 당구대에 공도 걷어다주고 바닥에 걸레질도 해주고 나중에는 자장면까지 얻어먹으며 내 당구 실력은 일취월장했다.

시범을 보이다

나는 교복보다는 교련복을 입고 학교에 갈 때가 더 좋았다. 학교에 가는 길에는 별다른 기분 차이가 없지만 일단 수업을 마치고 교문을 나서면 교련복이 훨씬 자유로웠기 때문이다. 교련복을 입을 때에는 모자를 삐딱하게 쓰고, 가방은 끈을 잡는 것보다는 옆구리에 끼는 것이 더 어울렸다. 비슷한 친구 몇이 왼쪽 가슴에 똑같은 명찰을 달고 개폼을 잡으며 어슬렁거리는 기분은 사냥감을 찾아 숲을 떠도는 승냥이들 같기도 하고 교외선 터미널 광장에서 막걸리 집으로 우르르 몰려가는 예비군들 같기도 했다. 아무튼 교련복은 내가 학생이라는 것을 잠시 잊어버리게 했다. 평소에는 공부도 잘하고 얌전한 찬영이 같은 애도 교련복을 입은 날에는 언덕 꼭대기의 비탈길을 내려오면서부터 우리들과 별 차이 없는 폼으로 가방을 옆에 끼고 어깨에 힘을 주면서 비슷한 시간에 쏟아져 나오는 여상 학생들에게 농담을 건네기도 했다.

그렇지만 교련 수업은 별로였다. 그늘도 없는 운동장에 막대 총을 하나씩 들고 좌로 돌고 우로 돌고 하면서 제식 훈련을 할 때에는 이 나이에 걸음걸이 연습을 다 시키냐고 속으로 짜증이 났다. 한창 총검술을 익히는 시간이었다. 항상 국방색 군복을 입고 워커를 신고 수업을 하는 교련 선생님은 재미가 없고 고지식했다. 왜 군바리들은 그렇게 융통성이 없는 걸까?

같은 운동장에서 하는 수업이지만 중학교 때 체육 선생님은 간혹 우리를 웃기곤 했다. 어떤 날엔 전날 마신 술이 덜 깼는지 그윽그윽거리더니 곧바로 운동장에 축구공과 배구공을 풀어놓고 너희들끼리 알아서 놀라고 시키고선 슬며시 정문을 빠져 나갔다.

"야, 쟤 뭐하러 가는 줄 알어?"

한 녀석의 말인즉, 그 선생님은 잽싸게 나가서 막걸리 한 병을 마시고 속을 풀고 오는 것이란다. 가끔 그런 일이 있을 때면 아이들은 선생님의 뒷모습을 보고 낄낄거렸다. 그렇지만 자유 시간을 준다는 것은 다른 무엇에도 불구하고 인기 만점 선생이 되는 지름길이었다.

무슨 급한 일이 있는지 교련 선생님은 막대 총을 든 아이들을 운동장에 세워놓고 반장을 부르더니 조를 나누어 총검술 연습을 하라고 시켰다. 선생님이 없는데 무슨 연습이 제대로 되겠나. 한 줄씩 네 개 조로 나눈 아이들은 총을 갖고 장난도 치고 까불면서 시간을 때우고 있었다.

다시 돌아온 선생님이 "연습 많이 했나!" 하자 우리들은 일제히 "네!" 합창을 했다. 다 같이 한번 해보자고 대오를 정렬하고 총검술을 시작했다. 기합을 섞어가며 찌르고 막고 돌아서고 하면서 총검술 열여섯 개 동작을 실시했다. 차렷 총 자세를 하고는 우리 잘했지요 선생님, 하는 표정으로 서있는데 선생님은 나를 가리키며 "저기, 너 이리 나와봐! 나머지는 애 하는 거 잘 보고" 하는 것이었다. 나는 속으로 야, 이거 얼마 만에 들어보는 칭찬이냐, 생각하고 흐뭇하기까지 했다. 씩씩하게 기합을 넣으며 '찔러 총 빼 총'을 하고 '뒤로 돌앗 총!' 하는데 "자 그만!" 하는 소리가 들렸다.

"잘 봤나! 뒤로 돌 때는 애처럼 왼쪽으로 돌면 안 돼. 알았나!"

애들이 더 큰 소리로 "네~!" 하는 합창 소리가 텅 빈 운동장을 멍하게 울렸다.

우정의 자장면

　일요일이었다. 신공덕역에서 기차를 타고 한 정거장을 와서 성북역에 내렸다. 광장에는 일요일을 교외에서 즐기려는 사람들로 북적거렸다. 교회를 가려고 집에서 나왔지만 열한 시에 시작하는 주일 예배는 아직 세 시간은 기다려야 했다. 성국이네 집에나 들렀다 가자 싶어 광장의 골목길을 빠져나와 내가 다닌 중학교 쪽으로 가는 개천 길로 접어들었다.

　개천은 여전히 더러운 물이 흐르고 쓰레기들이 흩어져 있었다. 견딜 수 없이 고약한 악취가 나지 않는 것만도 다행이었다. 개천 길을 따라 낡은 양옥집들이 이어져 있었다. 벽돌을 쌓고 시멘트를 발라 기둥을 세우고 나무판자로 문을 단 집. 하늘색 페인트칠이 벗겨지고 담장 너머 목련나무 한 그루가 길 밖을 내다보고 있는 낡은 집이 성국이네 집이었다. 그와는 사실 중학교 동창인데, 그 때는 서로 모르고 지내다 고등학교에서 같은 반이 되었다. 성국이는 말이 많지 않은 친구였다. 공부는 반에서 10등 안팎으로 했다. 그는 무슨 짓을 하건 잘 나서지도 않지만 별로 반대도 하지 않았다. 학교에서 같이 오다가 그의 집에 한번 들른 적이 있는데 식구는 한 명도 보지 못했다. 그가 말하지도 않고 나도 묻지 않았다.

문 앞에서 이름을 부르려는데 안에서 소리를 지르는 여자 목소리가 들렸다.

"쉬는 날, 에미 그것도 좀 못 도와주냐!"

그의 어머니는 지치고 짜증난 목소리로 집안에 있는 누군가를 향해 타박을 하고 있었다. 망설이다 성국이를 불렀다. 성국이 어머니는 뚱뚱한 아주머니였다. 한눈에 보아도 집에서 살림만 하면서 살아온 여자처럼은 보이지 않았다. 이삿짐 이불 보따리만 한 커다란 짐이 보자기에 싸여 마루에 놓여 있었다. 몸빼옷을 입은 어머니는 그것을 머리에 이려고 끌어안았다.

"어디 가시는데요?"

"아, 역까지만 좀 들어다 달래는데 저렇게 들은 척도 안 하고 자빠져 잔단다."

나는 보따리를 번쩍 들어 목을 꺾고 그 위에 짊어졌다. 애가 왜 이러냐고 하면서도 어머니는 허리에 매는 국방색 전대를 들고 따라나섰다. 짐은 제법 묵직했다. 뚱뚱한 몸을 이끌고 약간 어기적거

.

리며 따라오는 성국이 어머니의 몇 마디를 요약하면 성국이가 초
등학교 때 아버지가 돌아가시고 그 뒤로는 푸성귀 보따리 장사를
해서 자식을 키웠다고 했다. 기차를 타고 시골 장에서 취나물, 쑥,
고사리 같은 나물을 사다가 주로 남영역 출구 계단에서 풀어놓고
팔았다. 오늘같이 몸살기가 있는 날은 쉬고 싶어도 나물이 시들까
봐 그러지를 못한다고 했다.

한발 빨리 역에 도착한 나는 남영동 전철표를 두 장 샀다. 어머
니가 펄쩍 뛰며 말렸지만 나는 개찰구를 통과해서 보따리를 들고
뛰어올라갔다. 전철 안에서는 서로 별말이 없었다. 노약자들이 앉
는 쪽 바닥에 짐을 내려놓고 나는 출입문 유리창을 바라보며 딴청
을 부렸다. 남영역 계단에는 성국이 어머니의 자리가 있었다.

이미 예배를 시작할 시간이었다. 조금 늦게라도 교회에 가서 성가대에 앉아 있는 그녀를 보고 싶었다. 그러기 위해서 교회에 가는 것이 아닌가. 전동차 문이 열리자 계단을 뛰어내려왔다.

그런데 개찰구 앞에서 추리닝 주머니에 손을 넣은 성국이가 기다리고 있었다. 자다가 일어난 부스스한 모습이었다. 운동화를 구겨 신고 천천히 앞장서 갔다. 문을 열어놓고 대나무를 엮은 발을 늘어뜨린 자장면 집으로 들어갔다.

자장면을 앞에 놓고 별말이 없었다. 그가 자장면에 고춧가루를 듬뿍 치더니 통을 들고 나를 쳐다봤다. 나도 고춧가루를 듬뿍 쳤다. 반쯤 자장면을 먹었을까 젓가락으로 건더기를 다독이며 양파를 집는데 그가 자기 자장면 그릇을 불쑥 내 앞으로 밀어놓더니 내가 먹던 자장면을 자기 앞으로 끌어갔다. 반쯤 먹던 자장면을 서로 바꿔먹는 동안 나는 아무말도 못하고 자장면만 먹었다.

적막의 블루스

수업이 끝난 후 썰물처럼 아이들이 빠져나간 텅 빈 운동장은 나에게는 무언가 먹먹한 마음을 주었다. 아이들이 몰려다니며 소리를 지르고 공을 차거나 하늘색 운동복을 입은 학생들이 두 줄로 구호를 외치며 발맞춰 구보를 하는 환영 같은 것이 아련하게 느껴졌다. 시골에서 읍내로 학교를 다니던 초등학교 때부터 내게 학교는 수업이 끝나면 빨리 벗어나야 하는 불안한 장소였다. 책가방을 골대 밑에 던져놓고 공을 차거나 모래사장이 딸린 철봉대에 매달려 노는 아이들을 보아도 같이 놀고 싶다는 생각을 하지 못했다.

중·고등학교를 거치면서도 그것은 쉽게 고쳐지지 않았다. 학교란 늘 빨리 벗어나야 하는 어떤 강박 같은 것이었다. 그러니 청소당번이 된다는 것은 나에게 큰 고역이었다. 청소를 하는 것이 그렇게 싫은 것이 아니라 책상과 의자를 밀치고 우르르 교실을 빠져나가는 애들의 발자국 소리가 내 마음을 갑갑하게 했다.

학교를 빨리 벗어난다고 해서 곧장 집으로 가는 것도 아닌데 나는 왜 그렇게 학교가 불안했을까. 그러면 나는 거리의 아들이었나? 그것도 아니었다. 친구 몇이서 라면집을 간다든가 당구장을 기웃거리며 내기 당구를 치는 동안에도 불안하기는 마찬가지였다. 갈 곳이 있어도 갈 곳이 없는 것 같은 마음, 이것이 고등학교 1학년이 된 나의 마음이었다.

같은 반이 되어서 친해진 성국이, 민수, 형철이, 삼순이. 이들의 공통점은 농구를 좋아한다는 것이었다. 하긴 나 같은 촌놈은 축구 외에는 별 흥미가 없지만 도시에서 자란 애들은 잘하든 못하든 농구를 좋아했다. 토요일 수업이 끝나고 농구나 하고 가자고 형철이가 잡아끌었다. 같은 방향으로 가는 성국이도 있고 해서 운동장으로 갔다. 몇몇의 애들이 더 어울려 라면 내기 시합을 했다. 농구가 이렇게 힘든 운동인 줄 몰랐다. 입에서 단내를 풍기며 이리 뛰고 저리 뛰었지만 나는 한 골도 넣지 못하고 공만 쫓아다녔다. 텅 빈 운동장을 나오는데 아랫동 건물에서 밴드부원들이 연습하는 소리가 간간이 들려왔다.

학교 정문에서 언덕길을 50미터 정도 내려가면 길 양편으로 문방구와 라면집이 몇 개 늘어서 있었다. 첫번째 라면집 문을 여니 옆 반의 준이와 우리 반의 태수가 라면을 먹고 있었다. 그 애들은 밴드부였다. 첫번째 라면집은 오후가 되면 우리 학교 밴드부들의 전용 식당이나 다름없었다. 밴드부 애들은 홀에 있는 탁자에서 라면을 먹기보다는 홀에 딸려 있는 작은 방으로 들어가는 경우가 더 많았다. 꿀림방이라고도 불리는 이 방안에서 밴드부 애들은 담배도 피우고 소주도 마셨다. 태수가 라면을 먹으며 들어오라고 손짓했다. 교련 조회 시간에 테너 색소폰을 들고 행진곡을 연주하는 태수를 보기도 했는데, 그 애는 공부도 잘하고 점잖고 착한데 어떻게 밴드부에 들어갔는지 알 수가 없었다.

태수와 준이는 밴드 연습이 있다고 먼저 올라가고 우리끼리 라면과 소주를 시켰다. 밴드부원에게 익숙한 아주머니는 학교 앞인데도 아무런 거리낌 없이 소주를 탁자 위에 얹어놓았다. 웃고 떠들며 제법 시간을 보냈다. 아주머니에게 호패 같은 나무 쪼가리가 달린 열쇠를 받아 문 밖에 있는 화장실로 오줌을 누러 나왔다.

그때였다. 모든 학생들이 빠져나간 시멘트 언덕길을 쓸쓸하게 메우며 울려 퍼지는 트럼펫 소리를 들었다. 얼마나 우수에 차고 적막한지 언덕 꼭대기 교정을 올려다보았다. 건물의 옥상이 보였다. 거기에는 밴드부 악장인 3학년 형이 혼자서 트럼펫을 들고 언덕 아래 건물들과 길과 사람들을 발아래 굽어보며 이 멋진 음악을 연주하며 서있었다. 그 음악은 〈적막의 블루스〉였다. 그 실루엣은 나에게 너무나 강렬한 인상을 주었다. 집으로 돌아오는 내내 나는 밴드부에 대해서 생각했다. 나는 무엇을 한번 하고 싶으면 안달이 나는 성격이었다. 내일은 밴드부를 찾아가리라 결심했다.

이놈의 수학만 없다면

수학은 나를 너무나 절망하게 만들었다. 이미 중학교 때부터 멀어지기 시작한 수학은 더이상 어떻게 해볼 수 없을 지경이 되었다. 그래도 명색이 인문계 고등학교에 다니는 학생인데 나라고 왜 공부에 대해서 고민할 때가 없었겠는가. 가끔은 계획표를 짜보기도 하고 수업 후에 교실에 남아 공부를 해볼 생각도 하지만, 시험기간도 아닌데 학교에 남아 암기과목을 공부한다는 것도 우습고 그렇다고 영어나 수학문제를 풀 수도 없고 이래저래 공부하고는 멀어져 갔다. 그나마 영어는 중학교 때 담임이었던 여선생님께 잘 보이고 싶어 단어장이라도 들고 다닌 덕에 근근히 이어가지만 그 것도 점점 멀어져갔다. 무슨 암호를 나열한 듯 칠판에 빼곡하게 적힌 수학공식을 쳐다보고 있노라면 차라리 가방을 들고 교실을 뛰쳐나가고 싶어졌다.

1, 2교시가 끝나고 3, 4교시 두 시간은 수학시간이었다. 연이어 두 시간을 꿀먹은 벙어리로 냉가슴 앓고 앉아 있을 생각을 하니 머리가 지끈거렸다. 양호실에 간다고 둘러대고 옆반 임호에게 갔다. 임호와는 여러 가지로 죽이 잘 맞았는데 특히 수업 시간에 땡땡이를 칠 때는 더욱 그랬다.

언덕 꼭대기에 세워진 학교는 뒤편으로 울타리가 따로 없었다. 건물 뒤로 높은 축대가 있고 그 너머로는 북악 스카이웨이로 넘어가는 야산이 이어져 있었다. 축대를 넘어 몇 그루 소나무가 있고 평평한 바위가 깔린 곳이 있었다. 여기에서는 학교가 다 보이지만 학교에서는 이곳이 보이지 않았다. 바위에 팔베개를 하고 누워 구름이 흘러가는 하늘을 보았다. 수업 시간에 이러고 있는 자신이 한심하기도 하고 불안한 마음도 없지 않았지만 나른한 평화를 느끼기도 했다.

"임호야!"

무릎을 가슴께로 끌어당기고 구부려 앉아 담배를 피우던 임호가 쳐다봤다.

"우리 밴드부 할래? 그래도 대학은 가야 하잖아. 괜히 수업 끝나고 라면집이나 당구장을 기웃거리지 말고 우리 열심히 나팔 불고 나서 두 시간씩 공부하고 집에 가자. 앞으로 다른 친구들과 어울리지 말고 우리 둘이 한번 열심히 해보자."

별말 없이 담배만 뻑뻑 피우는 그를 쳐다보지도 않고 누운 채로 나는 임호를 설득했다.

"너는 뭔 나팔을 불고 싶은데?"

임호가 쳐다보며 물었다.

"트럼펫!"

나는 고요한 오후의 학교 옥상에서 〈적막의 블루스〉를 불던 그 3학년 형을 생각하고 있었다.

"그럼 나는 드럼이나 한번 쳐볼까?"

임호도 이미 반승낙은 하고 있었다.

수업이 끝나고 임호와 둘이서 밴드부 연습실을 찾아갔다. 원래 밴드부에 대한 대개의 생각은 꼴통이고 양아치고 선생들도 내 놓은 치외법권 지대의 외인부대 같은 것이었다. 아직은 나 자신도 나에 대한 기대를 버릴 수 없다고 생각하면서도 스스로 밴드부실을 찾아가고 있는 것이 마치 모든 것을 포기하는 것 같은 생각이 들어 불안하기도 했다. 심호흡을 하고 나팔 소리와 드럼 소리가 쿵쾅거리는 문을 밀고 들어갔다. 모든 소리가 멎고 시선이 쏠렸다.

드럼을 치고 싶다는 임호는 무사히 면접을 통과했지만 트럼펫을 불고 싶은 나는 몇 가지 검사를 받았다.

"너는 임마 이빨은 제대로 박혔는데 입술이 두꺼워서 트럼펫은 안 되겠다. 야! 태수야, 이놈 너하고 같은 반이라니까 니 나팔 좀

가르쳐라!"

그렇게 나는 테너 색소폰을 배정받았다. 곧이어 신고식이 이어졌다. 간단한 인사말을 하고 나서 대걸레 자루로 50대의 빳다를 맞았다. 맞는 도중에 대걸레 자루가 부러져 그만 맞는 행운이 오려나 했는데 멀쩡한 대걸레 자루를 가져와 숫자를 채웠다. 빳다를 맞고 나서 악장은 직접 불을 붙인 담배를 한 개비 주었다. 이제 나는 내 발로 걸어 들어왔으나 내 발로 나갈 수 없는 집단에 소속이 되었다. 1학년 여름방학이 다가오고 있었다.

소울 트레인

삼선교 뒷골목을 교련복을 입은 다섯 명의 고삐리들이 걸어갔다. 중학교 때 대대장을 하던 우현이도 있었다. 키가 180센티미터는 되는데다 몸무게는 90킬로그램이나 나가는 그는 교복을 입고 있어도 학생같이 보이질 않았다. 이목구비가 수려한 데다 주먹도 세고 공부도 잘하니 그와 친구라는 사실만으로도 든든하고 우쭐한 기분이 들었다. 영욱이는 목사가 되겠다는 꿈을 가진 친구였다. 개그맨보다 웃기는 그의 말솜씨와 술이나 담배 같은 것들을 거침없이 하는 행동 때문에 목사가 되겠다는 그의 꿈을 들은 친구들은 그것도 개그인 줄 알았다. 그러나 나는 그가 틀림없이 목사가 될 거라고 믿었다. 이북이 고향인 그의 어머니 아버지는 일가 붙이가 없었다. 오로지 신앙을 의지하여 올곧은 삶을 살아온 그의 부모님들은 외아들인 그가 어릴 때부터 목회자의 길을 가기를 끊임없이 기도해왔다. 그가 어떤 행동을 해도 그의 내면에 신앙에 대한 강박이 있다는 것을 나는 알고 있었다. 다른 친구들에게는 잘 말하지 않았지만 내게는 자주 종교에 대해서 말하곤 했다. 그와 목적은 다르지만 나도 교회에 다니고 있질 않는가. 단짝이 된 임호도 옆에 있었다.

그러나 오늘의 주인공은 유일이였다. 유일이는 우현이와 같은 1반이었다. 그들은 자기네 반에서 키가 제일 큰 학생과 제일 작은 학생일 것이었다. 그만큼 유일이는 키가 작았다. 얼굴을 까무잡잡하고 눈동자는 새까맸다. 우리는 오늘 이 유일이를 따라 어디를 갈 참이었다. 시간을 때우기 위해 우선 우리들의 단골집인 '청룡반점'으로 들어갔다. 일본식 목조건물로 된 2층집인데 폭이 좁은 나무계단을 삐걱거리며 올라가면 2층에 작은 방이 있었다. 우리는 가끔 월요일부터 500원씩을 걷어서 토요일에 이곳에 와서 회식을 했다. 자장면과 탕수육 그리고 고량주를 시켜놓고 낄낄거리고 농담을 하며 고량주를 마시고 담배를 피우며 일주일을 마감하기도 했다.

적당히 시간을 때우고 교련복을 벗어 가방에 넣고 옷을 갈아입었다. 유일이 가방에서는 한 가지가 더 나왔다. 가발이었다. 키도 작은 애가 어깨까지 내려오는 생머리 가발을 덮어쓴 모양이 우스워 배꼽을 잡고 웃었지만 결국 그 가발을 모두 돌려가며 한번씩 쓰고는 거울 앞에서 기웃거렸다.

유일이는 씩씩하게 우리를 이끌고 종로 5가로 갔다. 〈soul train〉. 유리관으로 꼬불꼬불 써놓은 글자는 빨간 불빛이 들어와 선명하게 빛나고, 광선을 쏘아대는 것처럼 빙글빙글 돌아가는 불빛들이 이 '영혼의 기차'를 둘러싸고 휘황하게 돌아가고 있었다. 바로 나이트클럽 앞에 도착한 것이었다. 까만 바지에 빨간 조끼를 입은 웨이터들이 명찰을 달고 연신 고개를 숙였다 펴고, 한잔 걸친 젊은 직장인들이 양복 윗도리를 벗어 어깨에 턱 걸치고는 이 세계에 편입된 것을 흐뭇해하는 표정으로 들어가기도 하고 우리처럼 작전을 짜는 여학생들이 여기저기 몰려 서성거리기도 했다.

출입문 앞에서는 신분증 검사를 하고 있었다. 물론 모든 사람을 하는 것이 아니고 대충 눈짐작으로 찍어서 신분증을 요구하고 있었다. 잠깐 기다리라고 말하고 유일이가 가발을 쓰윽 쓸어 넘기며 계단을 올라갔다. 웨이터 한 명을 달고 나온 유일이가 계단에서 빨리 올라오라고 손짓을 했다. 드디어 쿵쾅거리는 호기심과 일탈의 흥분을 느끼며 빨갛게 발광하며 달려가는 '영혼의 기차'에 탑승을 했다.

고막을 찢을 듯한 음악과 가만히 서있어도 빙글빙글 돌아가는 것 같은 조명들, 여기저기에서 빨간 양초등을 들고 웨이터를 부르는 손짓들. 검은 말처럼 탱탱한 다리를 가진 여자들이 테이블 중앙에 있는 둥근 무대에서 수영복에 망사 스타킹을 신고 몸을 흔들고 있었다. 처음 온 티를 내지 않기 위해 무관심한 척을 했지만 나는 금방 오줌이 마려울 만큼 흥분이 되었다. 조금 자리가 잡히자 사람들이 보이기 시작했다. 밖에서는 신분증을 검사하고 미성년의 출입을 막고 있었지만 그것은 형식일 뿐이었다. 젊은 직장인들이 섞여 있긴 했지만 내 눈에는 잘해야 대학생이거나 우리 또래의 청춘들이 대부분이었다.

귀를 찢는 음악에 맞춰 이렇게 광란을 하며 몸을 흔드는 장소가 따로 있다는 것이 신기했다. 몰려나가 떼로 춤을 추다가 느리고 끈적한 블루스 음악이 흘러나오면 그물을 피해가는 물고기처럼 우르르 자리로 돌아가는 여자들을 붙잡기 위해 남자들은 정신이 없었다. 그때마다 유일이는 무슨 비결인지 저보다 키가 큰 여자에게 달라붙어 블루스를 추면서 등 뒤로 손바닥을 들어 V자를 그려 보였다. 나도 용기를 내어 한 여자에게 블루스를 추자고 했다. 그런데 이년은 사람을 힐끗 보더니 제자리로 돌아가버렸다.

그다음부터는 주눅이 들고 자의식에 상처를 입어 홀에 나갈 수가 없었다. 화려한 곳에서 자신이 점점 초라하게 느껴지기 시작했다. 어디에서건 당당할 수 있는 내면이 없다는 것을 깨달았다. 모든 것이 한순간에 공허해졌다. 나이트클럽 속에서 스쳐가는 여자들에게조차 당당하지 못할 정도로 나란 인간이 초라하단 말인가. 춤과 블루스가 반복되는 시간이 지루해지고 밖으로 나가고 싶었다. 오줌을 누고 있는데 호모 같은 목소리로 속삭이며 칙칙이 향수를 뿌려주고 어깨에 비듬을 털어주는 남자가 있었다. 밖으로 나왔다. 무엇이 나에게 맞지 않는 것인지 조금 알게 되었다.

길 없는 날들

"금영 누나에게!

　많은 날들을 그대를 생각했고 그대를 생각하는 밤마다 편지를 쓰고 찢어버렸습니다. 고향으로 내려갑니다. 알 수 없는 슬픔이 밀려옵니다. ─용주"

　여름 방학이 되었다. 비닐 가방에 보지도 않을 몇 권의 책과 옷가지를 넣고 지퍼를 닫았다. 벽에 걸린 교련복이 눈에 띄었다. 빨간 바탕에 큼지막하게 한자로 학교 이름을 쓴 명찰이 달려 있었다. 고향에 내려가 만나는 사람마다 어느 학교를 다니고 있다고 설명을 하는 것보다는 이 교련복을 입고 다니는 것이 편할 것이었다. 윗도리를 내려 가방에 넣었다. 어머니가 사다놓은 반팔 티셔츠에서는 석유 냄새가 났다. 편지를 주머니에 넣고 골목 끝에 서서 그녀의 집을 바라보았다. 고동색 칠을 한 나무대문은 굳게 닫혀 열리지 않았다. 대문 왼쪽에 있는 작은 유리 창문이 그녀의 방이었다. 녹슨 창살이 덮여있는 그녀의 방 유리창 좁은 틈으로 편지를 밀어넣었다.

고속버스에 앉아 빠르게 스쳐가는 창밖의 풍경과 희미하게 비치는 내 얼굴을 쳐다보았다. 지나치는 풍경처럼 빠르게 고향에서의 날들과 2년 동안 보낸 서울 생활이 머릿속을 스쳐갔다. 무논에서 모를 심던 동네 사람들이 손을 흔들어주던 갯둑 길. 버짐 핀 얼굴에 침을 바르며 떠난 고향을 고등학생이 되어서 다시 찾아가고 있었다.

터미널에서 내려 걸어서 옛집으로 방향을 잡았다. 남한강으로 흘러드는 개울에 놓인 행성다리를 지나고 성황당 고개를 넘었다. 초등학교 6년을 걸어서 다닌 길. 겨울에는 난로를 피울 솔방울을, 가을에는 아카시아 잎을 담은 비료 포대를 메고 학교에 가던 길. 낯익은 길들이 아득하게 느껴지는 신작로를 따라 걸었다. 땡볕에 우는 매미 울음소리에 길바닥의 잔모래들이 바스락거리며 반짝였다. 나도 벌써 아련하게 떠오르는 추억이 있는 나이가 된 것이다. 어렸을 때 서울에서 형이나 누나들이 내려오면 들판으로 나가는 오솔길이나 뒷동산을 혼자서 쓸쓸한 듯 돌아다니던 생각이 났다. 그것이 지나가버린 자신의 추억을 더듬는 것이었다는 걸 이제 내가 느끼며 고향 길을 걸어갔다.

쉰에 날 낳으신 아버지는 여전히 주름살 많은 노인이었고 무서워 말도 붙일 수 없던 둘째 형님은 다정하게 막내동생을 맞아 주었다. 몇 명의 친구는 농고를 다니고 같은 반이었던 성수는 새로생긴 인문계 고등학생이 되었다. '껌은 사랑의 표시' 라고 적은 쪽지를 넣은 껌을 주고 희죽 웃으며 뛰어갔던 정란이와 희자는 여상학생이 되어 있었다. 예전의 어느 여름날처럼 쑥불 모기향을 피운마당에 멍석을 펴고 형수님은 호박을 숭숭 썰어넣은 칼국수를 저녁으로 준비했다.

정수와 희용이가 시멘트 벽돌 담장으로 불쑥 고개를 내밀었다. 성수네 구멍가게가 있는 개울가 다리로 나오라며 손짓을 했다. 오래된 친구란 이런 것인지 편지를 주고받을 때는 아련한 감상에 젖어 우정이나 그리움 영원 이런 단어들을 섞어가며 절절한 이별의 정한을 표현했건만 우리들의 만남은 싱거웠다. 잠시 집을 떠났다 돌아온 것처럼 이야기는 금방 이어졌지만 개울에서 천렵을 하고 누구네 잔칫날 밤 몰래 음식을 보관하는 과방을 털고 입술을 훔쳐가며 막걸리를 마실 때 나는 없었다는 것, 그리고 나 없이도 재미있게 잘 놀았다는 것에 미묘한 소외감이 왔다.

나도 제법 즐거운 것처럼 서울 생활을 이야기했지만 마음속으론 우울한 풍경들이 떠올랐다. 이제는 고향 친구들에게도 온전한 속내를 털어놓지 못하고 서울 생활이란 것도 이것이 내 삶이다 하지 못하는 마음 상태에 있으니 주로 침묵하고 친구들의 말을 듣는 쪽이 되었다. 제법 밤이 깊어 길옆으로 빼곡하게 자라난 코스모스 잎에 이슬이 내렸다.

아버지가 가늘게 코고는 소리를 들으며 팔베개를 했다. 금영이 누나는 편지를 읽어보았을까. 구구절절 좀더 긴 편지를 쓸걸 그랬나. 아니면 아예 그런 짓을 하지 말았어야 했나. 어떻게 측량해볼 수 없는 그녀의 상황을 생각하며 몸을 뒤척였다. 모기장을 치고 방문을 열어놓은 뒷문으로 스며드는 풀냄새 머금은 새벽 공기가 촉촉하게 느껴졌다.

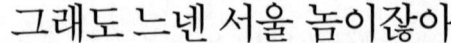

그래도 느넨 서울 놈이잖아

　방학이 되자 고향을 떠나 흩어졌던 친구들이 돌아왔다. 축구로 유명한 안양공고로 진학한 동희가 왔다. 동희는 혼자서 자취를 하며 학교에 다니고 있었다. 중학교 때 배구 선수였던 그는 키가 더 자랐고 이목구비가 뚜렷해진 것이 내가 봐도 멋있게 생겼다. 친구들 중에서 가장먼저 서울로 떠나간 택동이도 왔다. 초등학교 4학년 때 서울로 간 후로 처음 만났다. 많은 세월이 지났지만 헤어져 있던 시간보다 더 많은 날들의 추억이 있으므로 우리들은 금방 어린 시절의 감정으로 돌아갔다.

　읍내에 있는 초등학교 뒤로 흐르는 강가로 야영을 가기로 했다. 텐트를 준비하고 마당의 화덕에 걸린 양은솥을 떼어 오고 각자 나누어서 양념이나 야채를 가지고 왔다. 모두가 농사를 짓는 집 아이들이기 때문에 아무 밭에나 야채거리들은 충분히 있었다. 예전 같으면 무서워 말도 꺼내지 못했겠지만 용감하게 형의 전축을 빌려달라고 말했다. 형은 씨익 웃으며 007가방처럼 조립되어 있는 휴대용 전축을 내주며 사용 방법을 설명해주었다. 고향에 남아 있는 친구들은 이제 통학용으로 쓰는 자가용 자전거를 한 대씩 가지고 있었다. 솥단지며 전축, 양념 박스를 자전거에 실었다.

우리는 은사시나무에서 입이 찢어져라 우는 매미처럼 떠들며 여름 햇살이 쏟아지는 신작로를 달려 은모래 반짝이는 강가로 갔다. 강을 가로질러 국도를 연결하는 큰 다리 위쪽으로는 유원지였다. 노를 젓는 나룻배 몇 척이 묶여 있었고, 백사장에 파라솔과 텐트를 쳐놓고 돈을 받고 있었다. 유원지 건너편에는 강가 암석 위에 세워진 팔각정이라는 유명한 절이 있었는데 초등학교 때 봄 소풍을 가던 곳이었다.

우리는 다리를 건너 아래쪽 백사장으로 갔다. 휴가를 온 사람들로 북적거리는 유원지와는 달리 넓은 백사장에 뙤약볕이 가득 차 있고 솥단지를 올려놓아 그을린 자국이 있는 돌들이 더러 눈에 띄었다. 그래도 드문드문 가족 단위로 온 듯한 텐트가 쳐져 있고 발가벗은 아이들과 수영복을 입은 여자들이 백사장에서 놀고 낚싯대를 던져놓은 남자들이 강물을 바라보고 있었다. 물때가 끼어 미끌미끌한 강바닥의 돌을 밟으며 배꼽까지 차는 물가에서 장난을 하기도 하고 배구공으로 미니 축구도 했다.

백사장의 뙤약볕 아래서 빨갛게 살을 태우며 유쾌한 시간이 지나갔다. 그러나 아무리 백사장에서 벌거벗고 공을 차는 것이 재미있고 양은 솥단지에 끓인 라면에 폼 잡고 포도주를 병나발 부는 것도 좋지만 사내끼리 모여 있으니 얼마나 허전했겠는가. 저쪽에 떨어져서 왔다갔다 하는 남의 텐트의 아줌마들을 기웃거리기도 하고 동네 여자애들 이름을 들먹이며 농지거리를 하다가 이러지 말고 읍내에 나가서 여자들을 꼬셔오자고 의견을 모았다. 그런데 도대체 누가 가느냐고 서로 떠밀다가 느네 서울 놈들이 가서 동창 애들이라도 데리고 오라는 소리가 나왔다. 그래도 나름 유학파라는 자부심이 있고 중학교 때 배구 선수를 한 동희가 좋다고 자리를 털고 일어났다. 택동이는 일찍 고향을 떴고 나야 같은 반 친구들도 잘 모를 정도로 내성적인 촌놈이었으니 도무지 자신이 없었지만 동희만 믿고 따라나섰다.

학교 이름이 크게 새겨진 교련복을 남방처럼 단추를 풀고 아래 깃을 서로 잡아매서 입고 우리는 마치 촌놈들이 아니라는 듯이 자전거를 타고 강 다리를 넘을 때까지는 그래도 서로 입이 살아서 깔깔거리고 갔지만 막상 읍내로 들어가니 막막했다. 가게에서 사는 물건도 아니고 어딜 가서 여자들을 만나서 강 다리 건너 백사장까지 데려간단 말인가. 괜히 자전거를 타고 좁은 읍내 바닥을 기웃거리며 돌아다녔지만 동창 여자는커녕 말 붙여볼 만한 여자도 못 만나고 맥이 풀렸다.

먼 능선으로 뉘엿해지는 해가 제 주위에 붉은 물감을 풀어놓고 강물에 용접하는 불꽃처럼 반짝이는 금빛 길을 내고 있었다. 강 위쪽 유원지에서는 노을빛을 받으며 몇 척의 나룻배가 저녁 강물 위를 느리게 산책하고 있었다.

강변의 쑥이며 풀을 뜯어다 모깃불을 놓고 껍데기가 벗겨진 나무뿌리들을 모아 모닥불을 피웠다. 어두워진 강물은 소리 없이 흘러가고 희끗해진 백사장에 재티를 날리며 타오르는 불꽃은 고고 춤을 추며 흔들리는 청춘들의 얼굴에 일렁거렸다.

그 여름의 끝

　방학이라고 고향집으로 돌아왔지만 집안일을 도울 것은 별로 없었다. 예전에는 송아지를 키워 어미 소가 되면 내다 팔고 다시 송아지를 사서 키웠지만 지금은 외양간이 비어 있었다. 논밭이 많지 않은 이유도 있지만 땡볕이 쏟아지는 한여름에는 논이나 밭에 갈 일이 그렇게 많지 않았다. 시퍼렇게 자란 벼는 한창 알곡으로 영글어가고 밭에 심은 콩이며 고구마, 옥수수도 스스로 열매 맺고 영글어 가는 때였다. 어쩌다 아버지를 따라 감자골에 있는 밭으로 감자를 캐러 가거나 학교를 땡땡이 치고 가마솥에서 막 긁은 누룽지를 오도독거리며 새참 리어카를 끌고 달렸던 황금들 농로를 형 자전거를 타고 옛날을 생각하며 둘러보기도 했다. 햇볕에 그을리고 막걸리에 벌겋게 달아오른 얼굴이 번들거리는 동네 젊은이들이 음담패설을 섞어가며 벼 타작을 하던 타작마당이 조그맣고 초라해 보였다. 열두 마지기가 계단식으로 나란히 붙어있는 우리 논도 새삼 작아 보이고 무언가 쓸쓸하게 느껴졌다.

식구들이 모두 이사를 가서 할아버지 댁으로 놀러 왔던 택동이가 먼저 서울로 올라갔다. 친구들은 저녁을 먹고 개울가 다리에 모여 이야기를 나누고 준희네 텃밭에 들어가 잔가시가 깔끄러운 오이를 몇 개 따먹고는 꼭지를 개울로 던져버렸다. 그리워하던 것이 일상이 되어 덤덤해지고 햇볕에 그을린 어깨에 꺼풀이 일어났다. 여름이 지나가고 개학이 다가오고 있었다. 다시 서울로 올라가야 한다고 생각했지만 즐겁지 않았다. 시골집에서의 생활도 조금씩 따분해졌다. 마음속으로는 매일 금영이 누나의 편지를 기다렸다.

자전거를 타고 우편배달부가 마을로 들어왔다. 그는 마을 어귀 정자에서 자전거를 잠시 세우고 행낭가방을 뒤져 편지를 골랐다. 우리 마을에 전달할 편지를 모아서 오른손에 쥐고 다시 자전거 페달을 밟았다. 그는 오늘도 우리 집을 지나쳐갔다. 무심한 우편배달부의 자전거 바퀴살에 권태로운 햇살이 부서졌다. 기다리는 설렘이 지나가고 원망이 지나가고 그리고 뒤엉킨 수치와 분노의 날들이 지나갔다. 무성영화 같은 날들이 흘러가고 있었다.

오후의 집 마당이 텅 비어 있었다. 뒤꼍 우물가로 갔다. 두레박을 넣어 물을 길어 올렸다. 물속에 잠겨 있던 대추나무 잎사귀들이 흔들렸다. 텃밭에는 밑에서부터 잎을 잘라먹은 상추가 길게 자라 머리에 노란 꽃망울을 매달고 있었다. 자줏빛 가지에 빗방울이 튕겨놓은 흙먼지가 묻어 있었다. 울타리 밑으로 심어놓은 옥수수 꽃에 잠자리가 고요하게 앉아 있었다. 갑자기 모든 소리들이 사라져버린 것 같은 먹먹한 오후였다. 우물 속에 일렁이는 얼굴을 비춰보다 마당으로 돌아왔다. 마루에 하얀 봉투가 놓여 있었다. 그녀에게서 편지가 왔다.

"……에게!
뜻밖의 편지를 받고 얼마나 망설였는지 몰라. 그러나 내 마음도 얼마나 설레었는지……. 어쩌면 네가 나를 생각한 시간보다 더 많이 너를 생각했는지 몰라……. ─금영!"

아! 이제 우리는 무엇이란 말인가. 어떻게 말해야 하고 어떻게 만나야 하고 무엇을 함께 해야 하는 사이가 된 것인가. 그녀의 이 편지 한 장은 내 청춘을 어떻게 만들어놓을 것인가. 그녀가 써내려간 글자를 하나씩 떼어 심장에 새겨넣었다. 그 쓸쓸하고 목이 메던 짝사랑이 아닌 서로가 허락한 사랑이 내게 온 것이었다. 이 여름의 끝에서.

첫 키스

"그대, 아름답고 귀여운 소녀여, 반짝이는 까만 눈동자로 꿈틀거리는 내 욕망을 잠재우고 이제 내 작은 소망을 주관하는 여신이 되었습니다. 중학교 때 교회에서 당신을 처음 보았을 때부터 고등학생이 된 지금까지 당신을 생각하지 않은 날이 없었습니다. 혼자서 수없이 망설이기도 하고 또 혼자서 수없이 절망하기도 하면서 누나의 집 앞을 서성였습니다. 눈이 내리는 날도 있었고 비가 오는 날도 있었습니다. 그 긴 날들의 허전함과 쓸쓸함, 그리고 나의 초라함을 당신이 받아주어 고맙습니다. 당신이 당신을 사랑하는 것보다도 더 당신을 사랑하겠습니다. 어제 고향에서 올라왔습니다. 하루라는 그 긴 시간을 어떻게 보냈는지 모르겠습니다. 누나를 만날 생각을 하니 내 자신이 너무나 초라해 자꾸만 자신이 없어집니다. 길 건너 대성약국 앞에서 기다리겠습니다."

편지를 접어 봉투에 넣었다. 전깃줄이 골목으로 어지럽게 얽혀 있는 전봇대의 갓등에 불이 켜져 있었다. 외등에는 날벌레들이 어지럽게 흔들리고 있었다. 골목과 맞대어 있는 붉은 벽돌집. 길을 향해 있는 그녀의 창에 불이 켜져 있었다. 똑, 똑, 똑, 유리창을 두드렸다. 창문을 두드리는 소리보다 내 가슴이 두근거리는 소리가 더 컸다. 아! 유리문이 슬며시 열렸다. 편지를 건네주고 돌아서는 그 짧은 시간 동안 우리는 평생보다 긴 눈맞춤을 했다.

골목 끝으로 걸어가 돌아섰다. 외등 밑 그녀의 집 문이 열리기를 마음속으로 세며 뚫어지게 바라보았다. 벽에서 빠져나오듯 그녀가 살며시 골목에 나타났다. 나는 몸을 돌려 길 건너 대성약국으로 천천히 걸어갔다. 그녀가 고개를 숙인 듯 걸어오고 나는 다시 약국 모퉁이를 돌아 돌산 밑 연립주택 비탈길을 걸어갔다. 내 뒷모습을 바라보며 그녀도 서둘러 거리를 좁히지 않고 천천히 따라왔다.

연립주택 외등 아래 서서 그녀를 기다렸다. 그녀는 커다란 북을 밟으며 걸어왔다. 한 걸음씩 좁혀질 때마다 가슴이 뛰어 견딜 수 없었다. 나는 다시 뒤를 돌아 돌산으로 가는 오솔길을 올라갔다. 연립주택의 마지막 가로등 불빛이 희미하게 번지는 등산로 옆으로 잔디가 곱게 깔린 무덤이 하나 있었다. 많은 사람들이 쉬어갔는지 잔디가 풀처럼 다져져 있었다.

그녀가 한 걸음 한 걸음 다가왔다. 소리 없이 웃는 그녀의 까만 눈동자가 내 앞에 섰다. 나는 아무말도 할 수 없었다. 머릿속으로 어떤 말을 만들어낼 힘이 없었다. 나는 와락 그녀를 안았다. 그녀를 내 몸속으로 스며들게 할 듯이 점점 힘을 주어 안았다. 그녀도 아무런 말을 하지 않았다. 몸을 빼려고도 하지 않았다. 내 팔 안에 갇힌 그녀의 팔이 내 허리를 두르는 것을 느꼈다. 새집처럼 봉긋한 그녀의 가슴이 느껴졌다. 그녀의 심장이 작은 굴뚝새처럼 뛰었다.

그녀의 입술이 내 입술에 닿을 때 스르르 눈을 감았다. 설탕을 넣은 우유에 입술을 축이듯이 그녀의 입술이 내 입술에 닿았다. 마분지처럼 떨리는 서로의 입술은 강렬하게 닿았다. 팔레트에 짜놓은 붉은 물감과 푸른 바다빛 물감을 부드러운 붓이 천상에서 내려와 휘젓고 있었다. 그녀와 내 영혼의 도화지가 붉고 푸르게 젖어갔다. 그 순간 세계는 끝이 났어야 했다.

나는 변하고 싶다

"야, 이 돌대가리 새끼야, 너 애국가 한번 불어봐!"

수업이 끝난 운동장은 텅 비었고 창문을 활짝 열어놓은 밴드부실에는 개인 연습을 하는 나팔 소리와 퉁탕거리는 드럼 소리가 뒤섞여 옆 사람 말소리도 잘 들리지 않았다. 얼굴이 벌게져 미적거리는 내게 트롬본을 부는 3학년 대규 형이 부러진 대걸레 자루를 들고 내 머리를 툭툭 치며 태수를 불렀다.

"야, 너 이 새끼 일주일 안에 애국가 못 가르치면 너도 죽어!"

나도 내가 이렇게 음악에 소질이 없는지 정말 몰랐다. 물론 신입생 때 곧바로 들어온 애들하고는 당연히 차이가 나겠지만 도대체 삑삑거리기만 하는 색소폰 소리를 제대로 내기도 힘들었다. 태수의 손가락을 따라 간신히 도레미파솔라시도나 하는 처지이니 애국조회 시간에 그저 머릿수나 채우고 아무거나 눌러대며 열심히 나팔을 부는 시늉을 할 수밖에 없었다. 그러니 이렇게 남들이 꼴통으로 생각하는 밴드부에서까지도 돌대가리 소리를 들었다. 점차 밴드부에 대한 환상이 깨져갔다. 저녁이 오는 옥상에 올라가 회색빛 도시의 허공을 향해 멋지게 〈적막의 블루스〉를 한 곡 뽑고 연습이 끝나면 교실에 남아 공부를 하다가 어두운 교문을 뿌듯한 마음으로 나서려고 한 것은 말 그대로 꿈이었다.

이런 지경으로 학교 생활을 하면서 첫사랑을 하고 있는 자신에게 회의가 들었다. 그녀는 내 웃음이 착해 보인다고 했다. 거기다가 공부까지 잘할 것이라고 생각했단다. 우울했다. 아직까지 그녀는 내가 밴드부라는 사실조차 모르고 있었다. 그녀는 인문계 고등학교에 다녔지만 취업반을 선택했다. 빨리 졸업을 해서 아버지와 어릴 때 들어오신 새엄마에게 잘하고 싶다고 했다.

나는 그녀에게 내가 대학도 들어가고 누나는 잘 벌어 먹일 테니 걱정 말라고 큰소리를 쳤다. 방학 때 받은 내 성적표는 66명 중에서 34등이었다. 그것도 성적이라고 받아놓고 연애편지를 쓰고 고향엘 내려가 서울에서 공부하는 놈 행세를 한 자신에게 서글픈 마음이 들었다. 그녀를 기쁘게 하고 싶었다. 그녀의 사랑은 무의미한 날들을 흘러가던 나를 돌아보게 했고 내 안에 웅크리고 있던 자의식을 흔들었다. 밴드부를 그만두고 싶었다.

버스에서 내렸다. 퇴근 시간이 지난 역 광장은 한산했다. 단층짜리 상가들이 이어져 있는 삼거리 길을 걸었다. 나란히 붙어 있는 레코드 가게, 약국, 미니 양품점에도 손님들은 없고 심심한 주인들이 텔레비전을 보거나 유리창 밖으로 지나가는 행인들을 힐끗거리며 쳐다보았다. 허름한 2층에 조그맣게 붙어 있는 돌다방 간판에 불이 켜져 있었다. 시멘트로 발라놓은 계단을 올라가 다방 문을 밀고 들어갔다.

이 다방에서 광모가 밤 열 시부터 열두 시까지 음악 DJ를 보고 있었다. 말로는 검정고시를 한다고 하지만 변두리 다방에서 음악을 틀어놓고 사복을 입고 들어오는 여학생이나 젊은 아가씨들과 주절거리는 재미에 빠져 학원은 뒷전이었다. 어깨까지 기른 머리에 앞가르마를 타고 이따금씩 손으로 빗고 머리를 흔들어 뒤로 넘겼다. 광모가 앉아 있는 뮤직박스 테두리에는 빨간 밥풀전구가 깜박이며 돌아가고 있었다. 마이크를 잡고 몇 명 되지 않는 여자애들과 퀴즈게임을 하고 있는 광모를 힐끗 보면서 벽에 붙은 구석 자리에 앉았다. "자 정답을 맞추는 손님께는 콜라 한 잔 써비스 나갑니다!" 이따위 농담을 하면서 낸 퀴즈 문제가 "우리나라에서 겨울 강수량이 제일 많은 곳은 어딥니까" 였다. 제 딴에는 겨울 강수량이라는 말이 그럴 듯했는지 자꾸만 겨울 강수량을 반복했다. 짜식 그냥 눈이 많이 오는 곳이 어디냐고 물어보지 뭘, 웃음이 났다.

내가 온 것을 본 광모가 퀴즈를 끝내고 음악을 틀었다. 자주 오지는 않지만 내가 오면 광모는 선물을 하듯 한 가지 음악을 틀어 주었다. '블랙 사바스'의 〈changes〉라는 노래였다. 가사는 모르지만 중간에 '나는 변화하고 싶다'고 외치는 락커의 절규하는 목소리를 들으면 깜깜한 절벽으로 추락하는 것 같은 우울한 쾌감을 느꼈다.

나는 유리컵에 있는 물을 마시고 잔을 비웠다. 가방을 열어 소주를 꺼내 천천히 유리컵에 따랐다. 나는 변화하고 싶다고 외치는 락커의 절규를 들으며 눈을 감고 소주를 마셨다. 광모가 잠시 왔다 갔으나 나는 내 우울감에 취해 무슨 말을 했는지 몰랐다. 나머지 반 병을 다시 유리컵에 채우고 카운터에서 메모지를 가져와 쪽지를 썼다.

"너 끝나는 시간 까지 못 기다린다. 〈changes〉 한번만 더 틀어 줘!"

광모에게 살짝 손을 흔들고 자리에서 일어서는데 빈혈처럼 눈앞이 잠깐 깜깜했다. 터덜터덜 집으로 걸어오는 길, 나는 정말로 내 삶에 어떤 변화를 갖고 싶은 쓸쓸함에 목이 멨다. 그녀가 간절히 보고 싶었지만 그렇게 할 수 없었다.

표류하는 영혼

내가 사랑하는 간이역. 아침이면 습관처럼 책가방을 들고 나와 사람들 사이에 섞이고 어깨를 부딪치고 서로의 뒷모습을 바라보며 기쁘지도 않고 칭찬받지도 못하는 세계로 나를 떠밀어넣는 검은 쇠바퀴가 기다란 불꽃을 튕기며 달려오는 곳. 의심하지 않고 거부하지 못하고 한 방향으로만 기차를 탔던 곳. 오늘은 반대로 가는 기차를 타리라. 길게 늘어선 측백나무 아래로 막 피어나는 개나리꽃 나무들이 가지를 휘고 이어져 있었다. 풀잎에 묻은 이슬을 말리며 피어나는 햇살이 낡은 역사의 유리창에 부딪혔다.

풋풋한 아침 공기를 마시며 서류가방에 양복 윗도리를 벗어놓은 아저씨가 맨손체조를 하고 있었다. 숨을 고르며 아저씨는 가난하게 불러온 제 똥배를 쓰다듬었다. 한 손에 가방을 들고 영어책을 들여다보는 여학생. 그런 여학생을 훔쳐보는 남학생. 모두의 일상은 우울하고 고독한 결단을 하고 있는 내 마음과는 아무런 상관이 없었다.

춘천으로 가는 하행선 기차는 성북으로 가는 기차보다 먼저 역에 도착했다. 내리는 사람도 없고 타는 사람도 없이 기차는 역무원 아저씨의 붉은 손깃발에 맞추어 덜커덩 소리를 내며 육중한 바퀴를 굴렸다. 천천히 속도를 높이며 역을 빠져나가는 기차의 꽁무니가 내 앞을 지나가고 있었다. 더이상 바라볼 수만은 없었다. 반대로 가는 이 기차를 지금 타지 못한다면 또다시 한 걸음 물러서서 길게 늘어서 있는 저 사람들과 함께 일상의 굴레로 달려가는 기차를 탈 수밖에 없을 것이었다. 마지막 문에 달린 난간을 잡고 몇 걸음 뛰다가 기차에 올라탔다. 뻥 뚫린 뒤칸 문으로 남아 있는 사람들의 얼굴이 멀어져갔다.

나는 지금 목적지도 없는 거부의 시간을 가는 것이었다. 텅 빈 객실에 몇 명 되지 않는 승객이 유리창에 머리를 대고 졸고 있었다. 이제부터는 나도 이 소수자들의 시간에 내 인생의 시계를 맞출 것이었다. 창가에 앉아 빠르게 멀어지는 풍경을 보았다. 벌써부터 자유의 값을 요구하는 불안과 고독이 찾아왔다. 오늘만 이렇게 보내자, 내일이면 나는 아주 먼 곳으로 갈 것이다. 그리고 다시는 돌아오지 않을 것이다. 문득 교실에 홀로 비어 있을 내 책상과 의자가 생각났다. 초등학교 때 귀에서 고름을 흘리다 죽은 영동이의 빈 책상이 떠올랐다. 잠시 슬프고 곧 잊어버리는 아이들의 웃음소리가 들렸다.

2학년이 된 지 아직 한 달도 지나지 않았다. 수학이 두렵고 싫은 이유도 있었지만 막연히 대학의 철학과를 생각하고 문과를 선택했다. 물론 지금 실력으론 불가능한 것이지만 말이다. 그런데 담임은 불독이라는 별명을 가진 수학 선생이었다. 이래저래 나하고는 맞지 않았다. 자기의 외모로 별명을 얻는다는 것은 성격이나 행동으로 별명을 얻는 것보다 끔직한 일이다. 그는 곧잘 별명에 부응하는 짓을 했다. 아이들을 조용히 시키지 못한다는 이유로 반장은 따귀를 맞았다. 반장도 따귀를 치는데 나 같은 애가 걸리면 말로 하겠는가. 종례시간에 책상 서랍에 〈썬데이서울〉을 펴놓고 고개를 숙이고 있다가 걸렸다. 교탁까지 걸어가기도 전에 불독은 제 손목시계를 풀렀다. 고맙게도 이빨을 꽉 물라는 배려를 해줬다. 다섯까지 세다가 잊어버렸다.

"너! 이 새끼 부모님 오라 그래."

"시골에 계시는데요."

그렇게 말하는 순간 정말로 어머니 아버지의 주름진 얼굴이 떠올랐다.

"그럼 누구 있어?"

"형 있는데요."

"그럼 낼 오라 그래!"

"직장에 다니는데요……."

그렇게 말하고 나니 동생들 뒷바라지에 늘 쓸쓸하고 지쳐 보이는 형의 얼굴이 떠올랐다.

"그럼 새끼야, 내가 너 때문에 일요일 날 학교에 나오리?"

벌겋게 달아오른 얼굴을 감싸 쥐고 자리로 돌아왔다. 혼잣말이라도 통쾌한 욕을 해주고 싶었다. 한참 생각하다 속으로 욕을 했다. '그럼 니가 가정방문을 해. 이 개새끼야.' 기분이 조금 풀렸다.

잠자리가 앉았다 날아간 가지 끝처럼 고요한 간이역을 하나둘씩 지나가며 한가한 기차는 봄 들판과 산 아래 마을을 유리창에 그리고 또 지워갔다. 휘어진 길을 스르르 미끄러져 들어가던 기차가 잠시 정차했다. 코맹맹이 소리로 안내 방송을 하는 기관사의 목소리를 봄 아지랑이처럼 듣고 꾸벅거리던 아주머니가 쿨럭 하고 기차가 서자 고개를 들어 작은 역사의 간판을 슬쩍 보고는 다시 고개를 숙였다.

"승객 여러분 이 열차는 상행하는 열차의 교차관계로 이 역에서 잠시 정차하겠습니다……."

창밖에 흰 페인트를 칠한 팻말에 '사릉'이라고 씌어 있었다. 철로 사이를 침목으로 메워 이어지는 길 끝에 작은 마당이 있고 기찻길을 향해 삼각으로 지붕을 만든 회색빛 역사가 있었다. 어느 역에나 있는 동그란 측백나무가 단정하게 이어져 있고 마당은 싸리비로 쓸어놓은 듯 깨끗했다. 문득 저 마당에 덩그러니 떨어진 하나의 풍경이 되고 싶다는 생각이 들었다. 가방을 들고 철길을 건너 마당으로 천천히 걸어갔다. 회오리가 지나가듯 상행하는 열차가 역을 통과해갔다. 나그네 하나를 내려 고요한 간이역의 풍경을 더욱 고요하게 만들어놓고 열차는 천천히 두 줄기 쇠 길을 뽑아내며 사라져갔다. 목적지도 없이 탔던 기차인데도 꽁무니가 멀어져가자 또 버려진 듯한 허전함이 밀려왔다. 길게 늘어진 역 마당 저편으로 은사시나무 그림자가 앉아 있는 나무 벤치가 눈에 띄었다.

그녀를 마지막으로 본 것은 교회의 첨탑마다 크리스마스 트리가 반짝이던 연말이었다. 목사님의 설교 탁자 오른편 성가대의 자리에 그녀가 있었다. 저녁 예배가 시작되기 전 성가대원들은 크리스마스 예배 때 부르기 위한 복음성가를 연습하고 있었다. 뒷자리에 앉아 노래를 부르는 그녀를 바라보았다. 눈길이 마주치지 않았지만 그녀의 얼굴이 빨개지는 것이 느껴졌다. 연습을 하면서 자기들끼리 웃을 때 그녀도 따라 웃었지만 그녀의 마음이 뒷자리에 앉아 있는 나를 느끼고 있음을 나는 알았다. 멀리서 보아도 나는 그녀의 미세한 표정을 읽을 수 있었다. 단 한순간도 그녀에 대한 그리움이 변한 적이 없는데 왜 나는 예배당 뒷자리에 앉아 초라하고 슬프게 그녀를 바라보기만 했는가.

내 잘못이었다. 사랑과 어깨동무를 하고 찾아오는, 아니면 애초부터 사랑과 한 몸인 수많은 감정들에게 뭇매를 맞고 그 감정들의 앞잡이가 되어 그녀를 슬프게 했다. 불안이며 질투이며 허세이며 광기이며 자의식인 사랑. 나는 그 사랑을 감당하지 못했다. 사랑으로 인해 끝없이 초라해지는 나의 남루를 견디지 못했다.

낙원상가 2층 허리우드극장에서 〈사랑의 스잔나〉를 보았다. 조용히 따라 부르던 그녀. 우리는 동대문까지 걸어가 상록수제과점에서 우유를 시키고 두 개의 빨대를 꽂아 마셨다. 누렇게 플라타너스 잎들이 파문을 지으며 떨어지는 태릉 길을 걸었다. 끝없이 들길을 걸어 낯선 마을 교문리까지 갔다. 장사를 하는 매형이 지폐 몇 장을 주었다. 김치찌개 전문점에서 물냉면 두 그릇을 놓고 마주 앉았다. 나는 물냉면을 처음 먹어보았다. 얇게 저민 돼지고기 한 장과 반 쪼갠 계란을 그녀는 내 그릇에 옮겨놓았다.

나는 내 사랑을 초라하게 만들어놓는 나를 견디기 힘들었다. 그녀의 창문으로 쪽지를 넣었다.

"내 영혼의 전부인 누나에게……. 나는 내가 너무 초라해서 누나가 싫어졌습니다."

교회에도 가지 않았다. 편지도 하지 않았다. 그녀의 집에도 우리 집에도 전화가 없었다. 2주가 지나고 집으로 편지 한 장이 왔다. 봉투에 'GY'라고 썼던 그녀의 애칭이 쓰여 있지 않고 그냥 '성북'이라고 지명만 쓰여 있었다. 가슴이 철렁했다. 짧은 편지와 내 사진이 한 장 들어 있었다. 그러고는 그녀를 만날 수 없었다. 창문을 두드려도 그녀의 문은 열리지 않았다. 교회에도 나오지 않았다. 나는 그리움에 미칠 지경이 되었다. 다시 또 편지를 쓰기 시작했다.

"그리운 누나에게. 사랑이 무엇인지 몰랐듯이 이별이 무엇인지도 몰랐습니다. 내가 무슨 짓을 하는지도 모르고 했습니다. 누나 사랑 합니다. 추신: 무엇이라도 좋으니 제발 답장 좀 해주세요."

그녀에게서는 아무런 답장도 없었다.

쓰라린 마음으로 성가대에 앉아 있는 그녀를 보았다. 저녁 예배를 보기 위해 신도들이 모인 것도 몰랐다. 목사님이 탁상용 종을 치며 묵도를 시작했다. 모든 신도들이 고개를 숙였고 성가대에서는 은은하게 찬송가가 울려 퍼졌다. 나는 슬며시 자리에서 일어났다. 성가를 부르는 그녀의 슬픈 눈빛과 마주쳤다. 등을 돌려 교회를 나왔다. 눈물도 없이 제 설움에 복받쳤다. 검은 하늘에 크리스마스 트리가 차갑게 반짝이고 있었다. 나는 너무나 사랑해서 첫사랑을 놓쳤다.

기다란 손잡이가 달린 양철 쓰레받기를 들고 측백나무 밑을 돌아다니며 창밖으로 버린 깡통을 줍던 역장이 천천히 이쪽으로 오고 있었다. 자리에서 일어나 역장에게 갔다. 종점까지 끊은 표를 건네주고 밖으로 나왔다. 물컹하게 흙이 녹은 봄 논이 길게 이어졌고 야산 아래 드문드문 집이 있는 마을이 보였다. 사릉이라고 했지만 능으로 가는 표지판은 보이지 않았다. 어쩌면 능이 없는 마을일지도 몰랐다.

소년은 울지 않는다

　오늘 이후로 이 도시에서 누구도 나를 보지 못할 것이다. 나는 오늘 나 홀로 승선하고 출항하는 인생의 목선에 선장이 되기로 결심했기 때문이다. 고독과 두려움을 견디고 먼 곳으로 갈 것이다. 내가 갈 수 있는 가장 먼 곳으로 가서 돌아오는 길을 잊어버릴 것이다. 이제 나만이 나에게 간섭할 수 있고 나만이 나에게 명령할 수 있다. 검은 하늘의 무수한 별들 중에 한 별을 골라 내 별로 삼아 위로받고 꿈꾸며 그 별을 향해 항해할 것이다. 나는 내 인생의 선장이다. 나는 울지 않을 것이다.

　희만이 어머니의 개고기집 좌판이 있는 시장 모퉁이에 국민은행이 있었다. 이 은행에 고등학교에 입학하면서 졸업할 때 10만 원을 찾는 적금을 들었다. 이것은 모든 학생들이 의무적으로 하는 것이었다. 나는 아주 슬픈 표정을 지으며 창구 여직원에게 적금을 해약할 수밖에 없는 사정을 설명했다. 그녀는 안타까운 얼굴을 하며 나에게 설득당했다. 3만 몇 천 원을 손에 쥐고 공손하게 인사를 하고 은행을 나왔다. 시장에 있는 가방 가게로 들어가 비닐가죽으로 만든 가방을 하나 샀다. 이제 교복을 벗어야 했다. 집 앞 구멍가게에서 막걸리 두 병과 거북선 담배 두 갑을 샀다. 어머니는 어디 가셨는지 집에는 아무도 없었다. 술병과 담배를 안방에 밀어놓고 옷을 갈아입었다. 아직 실감이 나지 않은 것인지 마음이 담담했다. 연습장을 한 장 찢어 몇 자 적었다.

"죄송합니다. 멀리 가니 찾지 마세요!"

종이를 반으로 접어 책갈피에 끼우고 책상 서랍에 넣었다.

중학교 때 같은 날 전학을 와서 짝이 되었던 영성이의 고향이 목포였다. 그에게서 얼핏 들은 이야기를 떠올렸다. 용산역에서 목포로 가는 기차가 있고 목포항에는 제주도로 가는 배가 있을 것이었다. 이것이 내가 가지고 있는 유일한 지도였다. 용산역에 도착했다. 역 광장 혹은 역이란 이름처럼 많은 의미와 표정을 압축한 말이 또 있을까. 떠나가는 사람을 배웅하며 아쉽게 손을 흔들고 돌아오는 사람을 맞으며 환하게 어깨를 감싸는 곳. 희망과 절망, 두려움과 설렘이 짬뽕이 되어 역 광장에서 비벼지고 있었다.

목포행 완행열차표를 주머니에 넣고 자꾸만 확인했다. 노숙자 하나가 불쑥 다가와 손을 내밀었다. 평상시에는 하나의 풍경쯤으로 여기던 노숙자들이었는데 갑자기 예사로 보이지 않았다. 짧은 순간 남아있는 돈을 머릿속으로 헤아렸다. 정지하고 있는 순간이 두렵고 갑갑했다. 빨리 기차를 타고 싶었다. 어느 곳으로 가든 흘러가는 상태에 있고 싶었다. 탈주자에게 정지해 있는 시간은 견딜 수 없는 불안과 회의를 줄 뿐이었다.

　덜컹, 쇠바퀴를 굴리며 기차가 움직였다. 느리게 강을 내려가는 뱀장어처럼 구불거리며 완행열차는 어둡고 긴 시간을 지나 훤하게 날이 밝아오는 낯선 도시 목포에 나를 내려놓았다. 우중충하고 멀고 비릿한 머릿속 관념의 도시 목포의 낯선 길을 서성거렸다. 나는 여행자의 숙명이며 어쩌면 내 인생의 숙명이 될지도 모르는 목멤과 낯설음이 주는 우울한 자기 연민을 느끼며 부둣가를 찾아 발걸음을 옮겼다.

　지나가는 행인이 가리키는 손끝을 따라 허름한 거리를 걸었다. 비릿하고 쾌쾌한 냄새가 아침 공기에 섞여 무언가 침울하고 눅눅한 거리를 떠다녔다. 누추하게 이어진 길의 가지 끝에 여객 터미널이 있었다. 매표소 직원은 아직 출근하지 않았다. 헐렁하게 걸어놓은 쇠줄이 부두로 들어가는 출구를 막고 있었다. 낡은 깃발이 꽂힌 몇 척의 어선이 묶여 있고 흰색 칠을 한 여객선이 보였다. 부두에 도착한 것이다. 아직 한번도 본 적이 없는 바다. 근원을 알 수 없는 서러움과 그리움의 끝에서 한 개의 섬도 없이 무한으로 펼쳐졌던 고독과 침묵의 검은 대평원. 나는 상상의 바다를 그리워했고 그리고 그곳으로 나를 데리고 갈 출항지에 도착했다. 걸어서 몇 년을 온 것 같은 피로와 허기가 밀려왔다.

선지와 콩나물이 뒤섞여 김을 뿜는 해장국을 탁자에 놓으며 주인아줌마는 묻는 소린지 혼잣소린지 떠들었다. 오전에는 제주도로 가는 배가 없다는 것이다. 네가 아무 말을 안 해도 나는 너에 대해서 다 알고 있다는 말투였다. 해마다 봄이 되면 바람이 폐 속 깊이 들어간 너 같은 놈들이 이 부두를 찾아온다는 것이었다. 나는 내 절실하고 비장한 꿈이 나 혼자만의 것이 아니고 또 다른 청춘들의 마음에도 깃들어 있을 수 있다는 것에 조금 김이 빠졌다. 그러나 마음 한편으로는 안도감이 들기도 했다.

해장국에 고춧가루를 한 숟갈 떠넣으며 소주 한 병을 시켰다. 드르륵 문이 열리고 험상궂은 남자의 얼굴이 쑥 들어왔다. 그는 나를 훑어보더니 몸을 안으로 들여놓았다. 목발 두 개를 겹치며 내 옆 테이블에 비스듬히 걸터앉았다. 그의 오른쪽 바짓단이 무릎 아래에서 잘려 있었다. 나에게 대놓고 반말을 지껄이는 그의 말은 이런 것이었다. 오전에는 어차피 배가 없다. 오후 두 시에 카페리호가 있기는 한데 요금도 비싸고 주민등록증이 없는 너 같은 애는 혼자서 표를 살 수가 없다. 밤 열 시에 출항하는 목선이 한 척 있는데 내가 그 배표를 사주겠다. 그러니 기차를 타고 집으로 돌아가고 싶지 않으면 나를 따라와라. 나만이 너를 제주도까지 보내줄

수가 있다. 그는 새벽 기차에서 내린 손님을 낚아가는 부둣가 여인숙의 삐끼였다. 주민등록증이 없으면 배를 탈 수 없다는 말이 그를 따라가게 만들었다. 여인숙비 천 원과 뱃삯 3천 원을 선불로 받고 그가 걱정하지 말고 잠이나 푹 자라며 여인숙 방문을 닫았다. 정말로 나는 수면제를 먹은 듯 깊은 잠에 빠졌다. 그는 험상궂기는 하였지만 사기꾼은 아니었다. 시험지 같은 종이에 잉크로 실선을 찍어 인쇄한 배표 한 장을 내밀었다. 목선 삼화호의 삼등칸이었다.

긴 기적 소리를 내며 배가 부두에서 몸을 뺐다. 부두의 불빛들이 방파제에 막혀 출렁이는 기름때 낀 물에 처박혀 반짝였다. 방향을 돌려 잡은 목선이 검고 끝없는 바다를 향해 흘러갔다. 멀어져가는 불빛을 바라보며 나는 남아 있는 것들에 대해 마음의 작별을 했다. 방바닥을 치며 통곡하던 어머니, 이슬 묻은 산딸기를 마당에 툭 던지던 아버지, 형제들, 고향의 친구들, 세진이, 영욱이, 〈적막의 블루스〉가 적요하게 퍼지는 언덕 꼭대기의 학교 그리고 가슴 저린 첫사랑 금영이 누나……. 모든 것들이 멀어져가는 부둣가에서 환영처럼 손을 흔들고 있었다. 나도 내 마음의 목선을 깊고 푸른 밤바다를 향해 돌렸다. 별들이 끌고 가는 목선 한 척이 검은 바다로 사라지고 있었다.

그때 그 굴뚝새는 어디로 갔는가

한 사람의 영혼에는 하나의 우주가 있고 그곳까지 도달한 기억의 길들이 이어져 있다. 무딘 펜 끝을 따라가며 나이기도 하고 같은 시절을 건너온 우리이기도 한 유년의 한 시절을 돌이켜보았다. 지금까지 나와 함께 우리가 잃어버렸던 추억의 시간 여행을 다녀온 당신께 감사드린다.

한 소년의 연대기적 기록을 읽고 난 당신은 "그렇다면 그 후로는 어떻게 되었나?" 하는 의문을 가질지도 모르겠다. 간략하게나마 그것을 밝히는 일이 독자들에 대한 예의일지도 모르겠다는 생각을 한다.

별들이 폭죽을 터뜨리는 검은 밤바다를 가랑잎처럼 흔들리며 내가 알고 있는 세계에서 가장 먼 곳으로 떠나간 내 유년의 출항. 그때부터 노트에 적을 수 없는 나그네의 일기를 마음속에 새기며 나는 생의 바다를 표류해왔다.

집을 떠나온 17세 소년에게 세상은 어떤 것일까. 우울한 일상과 학업에 대한 중압감, 그리고 어느덧 자라버린 육체의 성숙과 그것을 감당하지 못하는 어린 내면의 혼돈 속에서 감행한 가출. 어쩌면 치기일지도 모르지만 당시 나에게는 진지한 선택이었다. 그러나 내가 맞닥뜨려야 할 세계는 높은 벽이며 깊은 외로움이었다.

애초부터 무전여행에 가까운 가출이었으므로 곧바로 잠자리와 배고픔의 두려움이 찾아왔다. 거리를 헤매며 아무 가게에나 찾아가 일자리를 구걸했다. 나의 첫 직업은 페인트 가게의 점원이었다. 페인트 통을 들고 주인아저씨를 따라다니며 붉고 푸른 얼룩이 몸과 마음에 물들어갔다.

그 후로 몇 군데를 쫓겨다니다 마음씨 좋은 아주머니가 운영하는 자장면 가게에 있게 되었다. 자장면 살이 붙어 얼굴이 통통해질 무렵 친구에게 보낸 편지 봉투에 적힌 주소를 들고 어머니가 찾아왔다. 뒤엉킨 설움에 복받쳐 한참을 울고 난 후 어머니의 주름진 얼굴에 손을 얹었다.

"내가 우리 형제들 중에 제일 효자라 벌써 어머니께 제주도 관광을 시켜드리네요!"

어머니도 울다가 웃었다.

서울로 돌아와 검정고시를 거쳐 한신대학교 국문과에 입학했다. 이미 가출과 검정고시 시절에 단독자의 생활이 몸에 밴 내게는 집단이란 불편하고 서먹한 것이었다. 당시는 모든 학생들이 독재 타도와 민주주의를 외치던 시절이었다. 학교 앞에 민가를 얻어 자취 생활을 하며 학교를 빠지는 날이 많았다. 마당에 소주병이 늘어갔다. 빈병에 학교 뒷산의 진달래꽃을 꺾어 꽂아놓았다. 소주병 꽃밭이 늘어가는 만큼 몸과 마음이 황폐해갔다.

먼 바다 북대서양 어디쯤 갑판에 누워 별을 보고 싶었다. 아름다운 폐인은 없다. 나는 이 세계로부터 다시 또 떠나야한다. 이듬해 봄이 오는 교정을 떠나 해군에 입대했다. 바다를 항해하는 꿈은 이루지 못하고 서해의 외딴 섬에서 밤바다와 별을 보았다.

한때 도시의 일상에서 일천한 재주를 가지고 야망을 꿈꾸며 사업자 등록을 하기도 했고 집을 팔아 빚을 갚는 비애도 맛보았다. 흘러가는 시간 속에서 나는 적은 것을 비축하기도 했고 많은 것을 탕진하기도 했다. 가랑비에 젖은 벚꽃잎이 가로등 불빛 아래 흩날리는 일본 우에노 공원 벤치에서 불법체류자의 밤을 보내기도 했다. 그러한 날들과 함께 나도 이 세계를 흘러가고 있었다. 그러는 동안에 어머니도 아버지도 세상을 떠나셨다. 한 상에서 밥을 먹던 누이와 형제들도 이제 그들의 자식들과 밥을 먹었다.

지친 마음으로 생각했다. 1톤짜리 작은 중고 트럭을 한 대 사서, 거기에 금방 상하지 않는 감자나 양파를 싣고 변두리 마을로 다니는 것이다. 그러다가 졸리면 매미 우는 미루나무 아래 차를 세워놓고 실컷 낮잠을 자는 것이다. 고물차의 확성기에서는 '양파가 왔습니다! 감자가 왔습니다!' 자장가처럼 테이프가 돌아가……. 그러나 계획대로 되지 않고 아파트 단지에 딸린 작은 마트를 운영했다. 새벽 시장을 나가고 늦은 밤에 셔터 문을 내렸다.

어느 날 전화로 주문 받은 맥주 세 병과 오징어를 배달한 적이 있었다. 민소매 티를 입은 젊은 여자가 현관문을 따주며 턱으로 신발장을 가리켰다. 돈을 집어들고 문을 나와 엘리베이터를 타고 내려오는 그 몇 초 동안 내 삶이 깊은 바닥으로 추락하는 것을 느꼈다. 무엇인가 자신에게 예의를 갖추는 다른 삶을 살고 싶었다.

이곳 치악산 금대계곡은 대학시절 기차 여행을 하다가 들렀던 곳이었다. 마흔을 넘어 이곳을 다시 찾았을 때는 몇 채 있던 흙집

들은 허물어지고 겨우 빈집 두 곳이 남아 있었다. 움막 한 채에 내 새로운 삶의 짐을 풀었다. 장작을 해다 불을 지피고 텃밭을 일구고 벌통을 들여놓았다.

귀뚜라미가 흙벽에 잔금을 그어대는 어느 밤 문득 나는 삶이 위로받고 있다는 생각이 들었다. 그때부터 시를 쓰기 시작했다. 나 스스로를 되돌아보고 위로하는 동안 세상은 나에게 하나의 이름을 붙여주었다. 시인. 시인은 존재가 울려주는 뿌리 깊은 고독을 전언하는 자이다. 현존은 늘 외롭고 고독한 것이다. 이제 나는 묵묵히 그 강을 건너가고 싶다.

제법 긴 시간의 간극을 건너 한 소년이 흔들리며 커가는 날들을 되돌아보았다. 한 사람의 삶에서 그것이 아무리 외롭고 고통스러운 것일지라도 어느 한순간도 소중하지 않은 것은 없다. 그것은 곧 지금의 자신이기 때문이다. 나는 비로소 내 안에 잠복해 있던 지난 시절의 모든 통증과 화해한다. 그때 그 밤바다를 건너간 어린 굴뚝새가 지금의 나이다.

고고춤이나 * 춥시다

1판 1쇄 인쇄 2008년 11월 10일
1판 1쇄 발행 2008년 11월 15일

지은이 | 정용주
펴낸이 | 김이금
펴낸곳 | 도서출판 푸르메
마케팅 | 이승수
등록 | 2006년 3월 22일(제318-2006-33호)
주소 | 서울시 마포구 서교동 451-45 303호(우 121-841)
전화 | 02-334-4285~6
팩스 | 02-334-4284
전자우편 | prume88@hanmail.net
종이 | 화인페이퍼
인쇄 · 제본 | 한영문화사

ⓒ 정용주, 2008

ISBN 978-89-92650-16-8 03810